AF307436

Was heute noch utopisch erscheint, kann vielleicht morgen schon Normalität sein.

Thomas K. Welter

Mysteriöse Signale

Eine utopische Geschichte?

Bibliografische Information der deutschen
Nationalbibliothek
Die deutsche Nationalbibliothek verzeichnet diese Publikation in der deutschen
Nationalbibliografie; detaillierte bibliografische Daten sind im Internet über
http://dnd.d-nb.de abrufbar.

Impressum:

© 2009 Thomas K. Welter
Herstellung und Verlag:
Books on Demand GmbH, Norderstedt

ISBN-13: 978-3-83709-149-6

Inhalt

Alle Namen der handelnden Personen in diesem Roman sind frei erfunden. Eventuelle Namensgleichheiten sind rein zufällig und nicht beabsichtigt.

Vorwort

Ein utopischer Roman? Science Fiction? Nicht realistisch, nur Träumereien oder Hirngespinste. So oder so ähnlich mag sicher mancher Leser über das Genre der Science-Fiction- Literatur denken.

Aber, liebe Leser, sind wir nicht alle in gewisser Hinsicht Träumer und haben unsere eigenen Vorstellungen von der Zukunft im Kopf? Stellen Sie sich doch einmal vor, wenn man vor 100 Jahren in der Öffentlichkeit davon gesprochen hätte, dass bereits nur etwa 60 Jahre später Menschen den Erdmond betreten? Wäre man dann nicht als Fantast abgestempelt worden? Aber diese damals noch kaum vorstellbare Vision ist zur Realität geworden.

Wie sieht es in der heutigen Zeit aus? Die technologische Entwicklung ist gewaltig voran geschritten, nahezu täglich sind neue Entdeckungen oder Ergebnisse der Wissenschaft und Technik zu verzeichnen.
Trotzdem gehören aber auch Träume und Visionen zu unserem Leben. Sind sie nicht auch der sprichwörtliche Motor der Weiterentwicklung unserer Gesellschaft? Warum sollen diese nicht eines Tages zur Realität werden?

Darüber hinaus gibt es auf unserer Erde noch viele ungelöste Rätsel. Dinge und Vorgänge, die wir im Moment nicht rational erklären können, die oft über unsere Vorstellungskraft hinaus gehen und die damit auch unsere Neugier schüren und unsere Fantasie anregen.

Der Ihnen vorliegende kurze Science-Fiction-Roman setzt sich mit solchen Mysterien auseinander und soll auch Ihre Fantasie beflügeln, über unsere Vergangenheit, Gegenwart und Zukunft nachzudenken.

Ich darf Ihnen viel Spaß beim Lesen dieses kleinen Buches wünschen, schalten Sie dabei doch auch ihr eigenes Kino im Kopf an …

Thomas K. Welter

Kapitel 1

Berlin, im Jahre 2016

Der neunjährige Erik war ein aufgeweckter Junge. Ganz wie sein Vater, dachte sich Frank. Die Zeit war so rasend schnell vergangen. Frank, ein frühpensionierter, geschiedener Feuerwehrmann, hatte in der letzten Woche seinen 63. Geburtstag gefeiert und sein Enkel Erik war sein ganzer Stolz. Erik half ihm immer wieder, über den mysteriösen Tod seines Sohnes Robert hinwegzukommen. Wieder saß er stundenlang vor dem Foto von Robert und fragte sich nach dem Warum.
War es wirklich nur ein tragischer Unfall, wie die Polizei nach augenscheinlich halbherzig geführten Ermittlungen behauptete oder stand mehr dahinter?

Die Geschehnisse lagen ein gutes Jahr zurück. Sein Sohn Robert hatte ein Studium der Luft- und Raumfahrttechnik abgeschlossen und arbeitete bei der ESA.
Auch in seiner Freizeit stand für ihn das Thema Astronomie und Raumfahrt ganz weit oben in der Interessenliste. Wenn es ihm die Zeit erlaubte, richtete er seinen Refraktor auf den Nachthimmel aus. Vor einiger Zeit hatte er sich auch im Projekt SETI@Home angemeldet, um damit die Kapazität seines heimischen Computers der Wissenschaft bei der Suche nach Signalen außerirdischen Ursprunges zur Verfügung zu stellen. Und so saß er auch abends noch oft an seinem Rechner, prüfte und recherchierte Daten, die er im Projekt bearbeitet hatte.

Noch genau konnte sich Frank an den Tag erinnern, als ein Jubelschrei aus dem Arbeitszimmer seines Sohnes drang.

So aufgeregt wie an diesem Abend war Robert nicht mal am Tag seiner Ingenieurprüfung. Er rannte wie ein aufgescheuchtes Huhn mit ein paar Ausdrucken auf und ab und telefonierte mit der SETI@Home Zentrale bei der University of California. „Das ist es!" sagte er schließlich zu Frank, „das ist möglicherweise ein Beweis, dass es da draußen etwas gibt!" Er zeigte ihm Ausdrucke mit vielen Daten und irgendwelchen Kurven, Linien und Parabeln, die Frank nicht deuten konnte. Es war schon weit nach Mitternacht, als sich Robert dann nach weiteren Telefonaten noch ein paar Stunden Ruhe gönnte. Der nächste Tag könnte vielleicht die Welt verändern, meinte er noch und packte die Ausdrucke in seinen Aktenkoffer.

Frank dachte immer wieder an diesen Abend zurück. Irgendwie hatte er damals schon in dieser Nacht ein ungutes Gefühl. Seine innere Stimme sagte ihm, dass eine unbestimmte Gefahr da war.

Zugegeben, er war selbst kein Fachmann auf wissenschaftlichem Gebiet, aber auch er hatte sich auch schon immer für das Weltall interessiert.

Er hatte selbst kaum ein Buch ausgelassen, welches sich mit solchen Themen beschäftigte, auch die Bücher umstrittener Autoren. Und manche Thesen waren für die damalige Zeit mutig, auch wenn diese von vielen Wissenschaftlern schlicht als Fantastereien abgetan wurden. Nein, auch wenn Frank selbst Ideen in manchen Punkten zu weit gingen, da schien es wirklich etwas zu geben, etwas mysteriöses, etwas geheimnisvolles, was noch nicht ans Licht der Öffentlichkeit gedrungen war.

Unweigerlich musste er an verschiedene Fernsehserien oder Kinofilme denken, welche damals für Robert, aber auch für ihn selbst gewissermaßen Pflichtprogramm waren. Sahen so die Außerirdischen aus? Schleimige Monster, reptilienartige Wesen oder menschliche Gestalten? Noch kannte man nicht wirklich einen echten Außerirdischen, oder vielleicht doch? Würden sie in friedlicher Absicht kommen oder musste sich die Menschheit vor ihnen fürchten?

Aber auch die diversen Verschwörungstheorien, die man in Literatur und anderen Medien finden konnte, waren Frank nicht unbekannt.

Am nächsten Morgen machte sich Robert wie gewohnt auf den Weg nach Darmstadt. Es war ein sonniger und milder Frühlingstag, Robert war bester Laune.

Ein Anruf der Polizei ließ Frank damals zusammenbrechen. Auf der Autobahn war Roberts Fahrzeug auf einer Brücke von der Strasse abgekommen, von der Brücke gestürzt und völlig ausgebrannt. Vermutlich sei er am Steuer eingeschlafen, so die Polizei.

Warum nur Robert, warum gerade an diesem Tag? Wie konnte das passieren? Immer wieder stellte sich Frank diese Frage. Roberts Auto war neu, hatte die modernste Technik an Bord. Kam das Auto zu nahe an den Straßenrand, so gab es ein Signal. Und überall auf den Brücken waren doch besondere Leitplanken zum Schutz vor Abstürzen angebracht, welche sogar große LKW aushalten sollten. Aber scheinbar zufällig genau an der Stelle, wo diese Sicherungen gerade ausgetauscht wurden, passierte der Unfall.

So recht konnte Frank den Ermittlungsergebnissen der Polizei nicht glauben.

Immer wieder musste Frank auch an die letzten Worte seines Sohnes denken. Er machte sich selbst Vorwürfe, da er sich an dem Abend keine Details von Robert hatte erläutern lassen. Was auch immer die Welt verändern hätte können, Frank hatte auch deshalb die Antwort auf diese Frage bis heute verdrängt. Für ihn selbst war die Zeit noch nicht reif dafür gewesen.

Nun aber wollte er endlich danach suchen. Jetzt wollte er unbedingt Antworten haben. Aber wie sollte er vorgehen?

Roberts Notebook und alle seine Aufzeichnungen waren bei dem Unfall verbrannt.

Aber da war noch der PC mit dem Drucker von Robert, welcher seit seinem Tod ungenutzt auf dem Dachboden stand. Er holte den Rechner und den Bildschirm vom Dachboden und schaltete ein.

„Passwort bitte" stand auf dem Bildschirm, nachdem der Computer hochgefahren war. Frank dachte angestrengt nach. Was konnte er als Passwort gewählt haben, Robert war in diesen Dingen zu seinem Leidwesen immer sehr kreativ gewesen.

Nachdem Frank die Namen und Geburtsdaten der halben Familie sowie alle daraus zu bildenden Kombinationen vorwärts und rückwärts erfolglos durchprobiert hatte, wollte er schon fast aufgeben.

Er entschied sich zunächst für eine Pause und ging hinaus. Der Himmel an diesem Abend war sternenklar und der abnehmende Mond zeichnete sich als schmale Sichel ab.

Im Süden beherrschte das Sternbild des Orion den Himmel, unweit davon strahlte der Hundsstern hell über dem Horizont. Nicht nur er, auch Robert hatte den Wintersternhimmel besonders geliebt. Die klare Winterluft war optimal für Beobachtungen geeignet. Gerade Sirius mit seiner großen Helligkeit faszinierte schon Frank, natürlich hatte auch er entsprechende Literatur zum Thema Sirius gelesen. Zum Beispiel über die angeblichen Kenntnisse des afrikanischen Volksstammes der Dogon. Auch Robert hatte sich auch eingehend mit dem Sirius-System und der Bedeutung des Sirius für die alten Kulturen beschäftigt, besonders mit der Bedeutung im alten Ägypten.

„Ein Versuch macht klug" sagte sich Frank und ging zurück zum Rechner. Er gab das Wort „Sirius" ein. „Invalid Password" erschien als Anzeige. Enttäuscht lehnte sich Frank zurück. Nachdem er dann auch noch die Namen von weiteren Sternen und Sternbildern erfolglos eingegeben hatte, kam ihm doch noch eine Idee. Das Passwort bestand bestimmt nicht nur aus Buchstaben, sondern wahrscheinlich auch noch aus Sonderzeichen und Zahlen.

Wieder probierte Frank alle erdenklichen Möglichkeiten. Ob er nun die scheinbare Helligkeit des Sirius, die Entfernung in Lichtjahren oder auch die gebräuchlichsten Katalogbezeichnungen eingab, wieder blieb ihm der Erfolg versagt.

Frank beschloss, diese doch recht planlosen Versuche einzustellen und einen Fachmann zu Rate zu ziehen.

Er rief einen Freund an, dessen Sohn man als einen echten Computerfachmann bezeichnen konnte. Leider war dieser für 3 Wochen verreist. Wieder nichts!

Franks Blick fiel auf einen kleinen Aufkleber am Bildschirm. Ein Dreieck und eine Art Strichmännchen dahinter. Wo hatte er bloß diese Symbole schon mal gesehen und was bedeuten sie? Frank suchte nach seinem Netbook und recherchierte im Web.

Seine Idee, das alte Ägypten im Zusammenhang mit Sirius als Suchbasis zu wählen, erwies sich sogleich als Volltreffer. Er fand heraus, dass diese Symbole für die altägyptische Göttin Sodpet, später als Sothis bezeichnet, standen. Der danach benannte Sothis-Zyklus, der sich am Aufgang des Sirius orientierte, war Basis für den altägyptischen Kalender. Ja, Ägypten war neben der Astronomie ein weiteres Hobby und Interessengebiet seines Sohnes gewesen.

Warum klebten diese auf dem Bildschirm? Natürlich, dass musste es sein. Frank gab „Sothis" ein und wie selbstverständlich meldete der Rechner die Administrator-Ebene von Robert an.

Der erste Schritt war geschafft. Aber wonach suchen?

Zu seiner Enttäuschung war der Posteingang komplett leer. Auch unter den gesendeten und gelöschten Nachrichten fand sich nichts.

Nun rief Frank die letzten bearbeiteten Dokumente auf. Eine Veränderungsmitteilung betreffend eines Zeitungsabos, auch ein Brief an das Finanzamt. Nichts, was Frank wirklich weiterhelfen würde.

Es war zudem schon fast Mitternacht. Frank war sehr müde und beschloss daher, am nächsten Morgen weiterzusuchen.

Trotzdem bekam Frank in dieser Nacht zunächst kein Auge zu. Wo könnte er noch nach Spuren suchen? Die Sache mit dem leeren Postfach war schlussendlich einfach zu erklären, Robert wickelte seine gesamte elektronische Post über seinen Laptop ab. Trotzdem, er hatte ihm doch am besagten Abend mehrere Ausdrucke mit Daten, Kurven und Linien gezeigt, bestimmt hatte er doch diese Dokumente abgespeichert. Oder sollte er diese auch auf sein Notebook übertragen haben? Nach einiger Zeit schlief Frank ein ...

Ein großes schwarzes Auto mit abgedunkelten Scheiben näherte sich von hinten, darin dunkel gekleidete Männer, der Fahrer telefonierte. An der nächsten Autobahnabfahrt kam ein zweites Fahrzeug dazu. Der Mann auf dem Beifahrersitz hielt einen kleinen Gegenstand, ähnlich eines Funkgerätes in der Hand.
Er drückte auf einen kleinen Knopf und der rechte Vorderreifen des voraus fahrenden PKW explodierte. Es war nur eine kleine Explosion, ohne Knall und auch kaum zu sehen, aber der Reifen verlor schlagartig die Luft. Der Wagen kam ins Schlingern, stürzte in die Tiefe und fing sofort Feuer …

Frank schreckte schweißgebadet aus dem Traum hoch.
Nur langsam kam er wieder zu sich. So oder so ähnlich hatte er im letzten Jahr oft geträumt, wieder und wieder hatte er das brennende Auto mit seinem Sohn vor sich ge-

sehen. War es nur ein Traum, ein Ergebnis seiner inneren Überzeugung, die sich so immer wieder manifestierte?

Frank stand auf, machte sich eine Tasse Kaffee und überlegte. Was konnte ihm außer dem Computer noch weiterhelfen? Genau! Die am Abend vor seinem Tod von Robert geführten Telefonate konnten ein Schlüssel sein. Frank suchte in den alten Rechnungsunterlagen und holte den entsprechenden Einzelverbindungsnachweis hervor. Robert hatte ihn zwar immer gerügt, dass er noch nicht auf die papierlose Onlinerechnung umgestellt hatte, aber hier zahlte sich die konservative Haltung von Frank aus. Robert hatte an dem Abend augenscheinlich nur mit zwei Rufnummern telefoniert. Zwei mal rief er in die USA an, ein Anruf ging zu einer Nummer in Berlin.

Frank bedauerte, dass seine englischen Sprachkenntnisse eher rudimentär waren und sicherlich nicht für eine englische Konversation am Telefon ausreichen würden.
Also zuerst die Rufnummer in Berlin. Frank wählte die Nummer und hörte die Ansage: „Kein Anschluss unter dieser Nummer." Das konnte doch nicht wahr sein!
Vielleicht konnte ihm hier das Internet weiterhelfen. Die Nummer gehörte laut Telefonbuch einem Professor Dr. Anton Rissenfahrt.
Frank suchte nach dem Namen im Internet. Rissenfahrt war den verfügbaren Informationen nach ein Dozent an der Freien Universität in Berlin. Was ihn überraschte war die Tatsache, dass er das Ägyptologische Seminar betreute.

Was hatte ein Ägyptologe mit der Entdeckung seines Sohnes zu tun und warum hatte ihn Robert mitten in der Nacht auf seiner Privatnummer angerufen?

Nun, das sollte nicht länger eine unbeantwortete Frage bleiben, Frank griff zum Telefon und wählte die Nummer des Sekretariats für Geschichts- und Kulturwissenschaften an der Berliner Universität.

„Professor Rissenfahrt?" fragte die nette Dame am anderen Ende der Leitung skeptisch; mit dem könne sie ihn leider nicht verbinden, denn der Professor weilte nicht mehr unter den Lebenden.

Diese Auskunft traf Frank wie ein Schlag. Stotternd fragte er, ob sie ihm sagen könne, wann und woran er gestorben sei. Darüber habe sie leider keine genauen Informationen, sie wisse nur, dass er vor ungefähr einem Jahr plötzlich und unerwartet gestorben sei. Ein großer Verlust für die Universität, meine die Frau am Telefon und legte auf.

Vor etwa einem Jahr! Frank musste genauere Informationen bekommen. Aber woher? Er erinnerte sich an einen alten Schulfreund, der auch an der Hochschule arbeitete. Zitternd suchte er nach dessen Nummer und wählte. Zu seinem Leidwesen ging dieser nicht an sein Handy.

Nun blieb ihm nichts weiter übrig, als den Anrufen in die Vereinigten Staaten nachzugehen.

Gutes Englisch hin oder her, er wählte die Rufnummer. Es klingelte! Aber es meldete sich nur ein Anrufbeantworter. Soweit Frank die Ansage verstehen konnte, handelte es sich um einen Anschluss der University of California in Berkeley.

Aber warum nahm niemand ab? Plötzlich fiel es Frank
wie Schuppen von den Augen: Natürlich, in Kalifornien
war es gerade mitten in der Nacht!
Also hieß es warten und später noch mal anrufen.
Aber was wollte er dann fragen, nach wem sollte er sich
erkundigen? Darüber hatte er sich noch gar keine Gedanken gemacht.

Das Klingeln seines Mobiltelefons riss ihn aus seinen
Überlegungen. Sein alter Kumpel Carsten war am Telefon. Er hatte Franks Anruf auf seinem Handy gesehen
und zurückgerufen. Frank erklärte ihm kurz sein Anliegen, ohne ihn mit den wahren Hintergründen vertraut zu
machen. Nein, Dritte wollte er zunächst nicht zum Mit-
wisser machen. Carsten sicherte ihm zu, schnellstmög-
lich etwas über den Professor herauszufinden.

Die folgenden Stunden des Wartens wurden für Frank
schier zur Qual. Es war kurz nach dem Mittag, als endlich wie versprochen sein alter Schulfreund Carsten zu-
rückrief und ihm seine Erkenntnisse zur Person des Professors durchgab.
Prof. Rissenfahrt war 55 Jahre alt und eine Kapazität auf
dem Gebiet der Ägyptologie, er beschäftigte sich mit
Hieroglyphen, speziell aber mit den astronomischen
Kenntnissen der alten Ägypter und deren Aufzeichnungen. Der Wissenschaftler, der eigentlich immer kernge-
sund und fit war, sei im Krankenhaus am 18. März 2015
gestorben, nachdem er einen Tag zuvor plötzlich einen
Herzinfarkt erlitten habe.

Frank war sichtlich entsetzt. Er dankte Carsten und legte auf. Sein Sohn war am 17. März verunfallt. Ein Zufall konnte das nicht mehr sein!

Nun konnte nur noch ein Anruf in den USA seine böse Vermutung ausräumen.
Frank wählte die Nummer erneut. Nach dreimaligem Klingeln wurde abgenommen. Und Frank hatte Glück. Als er sich mühte, seinem Gesprächspartner mit seinen bescheidenen Englischkenntnissen sein Anliegen zu erklären, konnte er erleichtert feststellen, dass dieser deutsch sprach. Es handelte sich um Johannes Seemann, einen Sohn von Deutschen, die in den neunziger Jahren des letzten Jahrhunderts nach den USA ausgewandert waren.

John erklärte Frank, dass er erst seit 3 Monaten beim Projekt SETI@Home arbeite und leider nicht sagen könne, welche Mitarbeiter vor etwa einem Jahr dort beschäftigt waren. Er wisse nur, dass bei dem Projekt im Frühjahr des vergangenen Jahres ein nahezu kompletter Personalaustausch stattgefunden habe. Informationen aus der Zeit vorher seien kaum vorhanden, die genauen Gründe wisse aber niemand. Er empfahl Frank, auf den Homepages zu recherchieren, wer im Jahre 2015 der Verantwortliche für Europa respektive Deutschland war.
Mit schweißnassen Händen saß Frank vor seinem Netbook und ging der Empfehlung nach.
Die Internetseite der Universität in Berkeley gab dazu zunächst keine Ergebnisse preis. Immer wieder ärgerte sich Frank über sich selbst, da er das Lernen der englischen Sprache in seiner Jugend und auch später so vernachläs-

sigt hatte. Zum Glück gab es die Möglichkeit, sich die Seiten übersetzt anzeigen zu lassen.

Nachdem er schließlich auf die Version der Webseiten vom letzten Jahr zugreifen konnte, wurde seine schlimmste Vermutung zur bitteren Wahrheit: Im Sommer 2015 war ein Nachruf auf Dr. Michael Dorstman, seinerzeit Leiter des SETI@Home-Projektes, veröffentlicht. Der Wissenschaftler war am 17. März 2015 bei einem Raubüberfall in San Francisco erschossen worden.

Nun gab es für ihn keine Zweifel mehr: Robert war nicht zufällig ums Leben gekommen, es war kein tragischer Unfall, sondern Mord! Welche Entdeckung konnte Menschen dazu bringen, mindestens 3 Leben auszulöschen? Wer stand dahinter?

Frank griff zum Telefonhörer. Er war gerade im Begriff, die Rufnummer des zuständigen Ermittlers der Kripo zu wählen, als er inne hielt. Was sollte das bringen? Nein, die Polizei würde ganz bestimmt nichts unternehmen. Für die war Roberts Unfall schon lange zu den Akten gelegt. Und der Tod des Professors war mit Sicherheit auch nicht als unnatürlicher Todesfall eingestuft worden, der Tote längst beerdigt. Und die Vorgänge in den USA waren für die deutsche Polizei ohnehin nicht von Interesse. Nein, hier konnte er nur selbst weitersuchen.

Nur, wo sollte er beginnen, wen sollte er einweihen?

Er würde es zu seiner Lebensaufgabe für die ihm verbleibenden Jahre machen, Antworten auf diese Fragen zu finden. Das war er nicht nur Robert, sondern auch seinem Enkel schuldig.

Kapitel 2

Ägypten , im Jahre 2019

Die Sonne brannte unbarmherzig. Die Luft war heiß.
Frank und sein Enkel Erik stiegen aus dem Bus vor dem
Ägyptischen Museum in Kairo aus. Mit nun 66 Jahren
hatte es Frank endlich geschafft, sich den Traum zu erfüllen, die historischen Stätten des alten Ägypten zu sehen.
Ägypten hatte ihn schon immer fasziniert, nicht zuletzt
durch die vielen Bücher, die er darüber gelesen hatte.
Dieses Land hatte etwas mystisches, etwas geheimnisvolles, ein Land mit so vielen ungelösten Rätseln.

Dies war aber nur die eine Seite der Medaille. Frank hatte die letzten 3 Jahre krampfhaft versucht, Antworten auf
seine Fragen zu Roberts Entdeckung und den Mord an
ihm zu finden. Weder der Computer, den er mit Hilfe eines Fachmannes gründlich durchsucht hatte noch die Be-
fragung von Studenten, die im Ägyptologischen Seminar
bei Prof. Rissenfahrt waren, hatten ihn auf irgendeine Art
weitergebracht. Auch alle Publikationen von Rissenfahrt
hatte er studiert. Es gab einfach keinerlei Hinweis, der
ihm weitergeholfen hätte. Zwar hatte Rissenfahrt zuletzt
den Sethos-Tempel in Abydos untersucht, bei denen auf
einer uralten Säule scheinbar Hubschrauber und U-Boote
abgebildet waren, aber wirklich weiter brachte ihn das
nicht. Hätte er einen Bezug zu Sothis gehabt, wäre da ja
noch ein Zusammenhang zu dem Passwort von Roberts
Computer zu vermuten gewesen, aber so konnte er sich
keinen Reim darauf machen.

Auch alle Spuren in den USA bei SETI@Home endeten ebenfalls ohne Antworten. Selbst Johannes Seemann, der ihm nach Kräften zu helfen versuchte, konnte nichts in Erfahrung bringen. Es schien so, als wären ausnahmslos alle Hinweise vernichtet worden oder alle Spuren endeten in einer Sackgasse.

So hatte sich Frank entschlossen, nach der sprichwörtlichen „Nadel im Heuhaufen" in Ägypten zu suchen, denn hier lag seiner Meinung und seinem Gefühl nach wenigstens eine der Antworten. Natürlich war ihm bewusst, dass die Erfolgsaussichten sehr gering waren.

Besonders glücklich war er darüber, dass sein Enkel eine gute Entwicklung genommen hatte. Die Schule war für Erik ein Leichtes. Er war besonders in den naturwissenschaftlichen Fächern hervorragend, aber auch das Lernen von Sprachen fiel ihm nicht schwer. So konnte er bereits eine Schulklasse überspringen.
Auch hatte er eine Leidenschaft an der Astronomie sowie auch am alten Ägypten entdeckt. Er wurde Robert immer ähnlicher.
Und der nun zwölfjährige hatte einen festen Berufswunsch, dem er alles andere unterordnete: Er wollte Astronaut werden.

Im Museum war es angenehm kühl.
Natürlich gehörte die Goldmaske von Tutanchamun zum Pflichtbesichtigungsprogramm. Aber auch die vielen kleinen Artefakte aus den verschiedenen Epochen weckten das Interesse der beiden Besucher aus Deutschland.

Unter anderem war da auch eine Stele mit der Kartusche von Seti I., eines Pharaos. „Lustig", meinte Erik, „dass dieser Pharao den gleichen Namen trägt wie das ehemalige Programm der NASA zur Suche nach außerirdischen Intelligenzen."

Obwohl natürlich beide Dinge, außer dem zufällig gleichen Namen, nun gar nichts gemein hatten, faszinierte und schockierte Frank die Aussage von Erik zugleich.

Von der Arbeit oder besser dem Hobby seines Vaters konnte er doch eigentlich gar nichts wissen. Stets hatte Frank versucht, dieses Thema für Erik auszublenden. Er wollte Erik nicht mit seinem Wissen belasten. Noch nicht.

Nun, darüber würde er sich später noch einmal Gedanken machen, jetzt galt es zunächst, die Zeit im Museum aktiv zu nutzen.

Trotz der vielen interessanten Ausstellungsstücke zog es ihn wie magisch nochmals zur besagten Stele hin. Unten waren, scheinbar als Verzierung, merkwürdige Muster zu erkennen.

Irgendwie kamen diese Frank bekannt vor. Hatte er dieses Muster schon einmal gesehen? So sehr er sich auch den Kopf zermarterte, er hatte keine Idee.

Die Frage ließ ihn bis zum Ende ihres Museumsaufenthaltes nicht los, so dass er schlussendlich eine Fotopostkarte der Stele erwarb.

Das Tal der Könige, Gizeh mit der großen Pyramide und dem Sphinx sowie auch die Gegend um Dahschur mit den dortigen Pyramiden waren weitere Ziele auf der Ägyptenreise der beiden. Alle historischen Stätten waren

besonders für Erik faszinierend. Allerdings sollte auch
der letzte Tag noch bedeutsam werden.

An diesem stand eine Exkursion zum Sethos-Tempel in
Abydos auf dem Programm.
Man brauchte zwar schon etwas Fantasie, um Hubschrauber, U-Boot oder auch Panzer auf der berühmten Säule
zu erkennen. Trotzdem waren sie neben anderen Hieroglyphen da. Wie aber kamen diese Gegenstände auf die
viele tausend Jahre alte Säule? Glaubte man der traditio-
nellen Geschichtsschreibung, so konnten die alten Ägypter derartige Technik nicht gekannt haben. Aber auch
Prof. Rissenfahrt hatte bei seinen Forschungen keine befriedigenden Antworten gefunden, zumindest stand das
so in seiner Arbeit. So blieb viel Raum für Spekulatio-
nen.
Ein abgebildeter Gegenstand erregte weiterhin die Auf-
merksamkeit von Frank und Erik.
Äußerlich einer Schale oder Schüssel ähnelnd war die
Abbildung in die Reihe eingefügt. Die Öffnung zeigte
nicht senkrecht, sondern etwas nach rechts oben.
Der Blick von Frank ging in die Richtung der Öffnung
der Schale und er konnte seine Überraschung nicht verbergen: Da war es wieder! Es war fast genau das Muster, was schon auf der Stele des Pharaos Seti I. zu finden
war.
War das nur ein Zufall, vielleicht ein gebräuchliches Ver-
zierungsmuster?
Frank sollte die Antwort nicht mehr finden ….

Kapitel 3

Berlin, im Herbst 2030

Viel Zeit war ins Land gegangen.
Frank ging es sehr schlecht. Er spürte, dass sich sein Leben dem Ende neigte. Die Mediziner konnten die Tumore in seinem Körper nicht mehr bekämpfen. Alle neuen Methoden zur Behandlung des Krebses waren bei ihm fehlgeschlagen. Zu weit war die Krankheit schon fortgeschritten.

Er hatte die letzten Jahre seines Lebens damit verbracht, weiter intensiv nach Antworten zu suchen. Auch die Beobachtungen in Ägypten mit den ominösen Mustern hatten ihn nicht losgelassen. Er hatte recherchiert, aber er hatte keine Ergebnisse vorzuweisen.
Seine Hoffnung, dass das SETI-Projekt vielleicht wieder zu Ergebnissen gelangte, die einen Bezug zu Roberts damaliger Entdeckung herstellen lassen würden, erfüllten sich nicht. SETI war inzwischen fast stillgelegt worden, es stand kein Geld mehr dafür zur Verfügung.

Insgesamt war die Welt in den letzten Jahren ohnehin durcheinandergeraten. Die Vereinigten Staaten hatten derzeit wieder mit einer großen Wirtschaftskrise zu kämpfen, die Lage war noch ernster als bei der Krise vor etwa 20 Jahren. Steigende Arbeitslosigkeit, Firmenzusammenbrüche, innere Unruhen, Inflation. Natürlich hatte dazu auch das große Erdbeben beigetragen, welches die Westküste der USA ganz erheblich in Mitleidenschaft

gezogen hatte, Kalifornien und vor allem die Gegend um San Francisco war von der Naturkatastrophe besonders betroffen und in weiten Teilen zerstört. Für Raumfahrt, Forschung und Wissenschaft waren die Gelder massiv gekürzt worden, so dass die NASA ihre führende Rolle bei der Erforschung des Weltalls komplett eingebüßt hatte. Raumflüge wurden gestrichen, geplante Projekte auf unbestimmte Zeit verschoben.
Die Europäische Raumfahrtagentur ESA dagegen hatte Dank der Zusammenarbeit mit den Russen eine sehr positive Entwicklung genommen und hatte ehrgeizige Projekte in Angriff genommen. Bereits vor einem Jahr war das erste unbemannte Transportraumschiff mit der neuen Ariane 9 in Richtung Mars gestartet, um ein bemanntes Marsprojekt vorzubereiten. Dieses Raumschiff brachte einen kleinen Kernreaktor zur Stromerzeugung, verschiedenen Materialien, Wasserstoff, Sauerstoff und Fahrzeuge zum roten Planeten.   Bald sollte ein zweiter Transporter folgen.

Ja, es war nun an der Zeit, Erik an seinem Wissen über Roberts Tod und an seinen bisherigen spärlichen Ergebnissen seiner Nachforschungen teilhaben zu lassen. Vielleicht würde er die Chance haben, Antworten zu finden, die ihm selbst noch verwehrt blieben.

Erik studierte derzeit Astrophysik als Hauptfach, daneben hatte er schon einen Abschluss in Energie-und Prozesstechnik vorzuweisen. Besonders stolz war er darauf, kürzlich einen Praktikumsplatz bei der ESA mit der Aussicht auf Übernahme in ein großes Forschungsvorhaben erhalten zu haben.

Frank rief ihn an und bat ihn, so bald wie möglich bei ihm vorbeizukommen.

„Das trifft sich gut, " gab er zurück „ich habe super Neuigkeiten!" Am Abend stand Erik vor der Tür. Ein stattlicher, sportlicher Mann war er geworden, der ihn immer wieder an Robert erinnerte.

Erik zeigte sich bestürzt über den schlechten Gesundheitszustand von Frank.

„Nun, welche gute Nachricht kannst du mir bringen?" versuchte Frank von seiner Krankheit abzulenken.

Stolz berichtete Erik darüber, dass er die vierte Stufe des Aufnahme- und Eignungstests für das Astronautenprogramm der ESA bestanden hatte und nun zum Kreis der 50 ausgewählten Männer und Frauen gehörte, aus denen eine 10-köpfige Crew für einen interplanetaren Flug bestimmt würde. Also nach vorher insgesamt 20.000 Bewerbern nun eine wahnsinnig gute Chance von eins zu fünf für ihn, dabei zu sein.

Der Kindertraum von Erik schien tatsächlich Realität werden zu können. Frank würde es leider nicht mehr miterleben, was ihn sehr traurig machte.

Frank eröffnete nun seinem Enkel sein lange gehütetes Wissen über Robert. Er erzählte vom angeblichen Unfall und seinen Albträumen, von Professor Rissenfahrt, von seinen Recherchen zum SETI-Projekt und dem Tod des Projektleiters, mit dem Robert in der Nacht der Entdeckung gesprochen haben musste. Er sprach über seine Nachforschungen und das Schweigen, auf das er immer wieder gestoßen war.

Erik standen Tränen in den Augen. Leider hatte er selbst nur wenige deutliche Erinnerungen an seinen Vater, bei Roberts Tod war er erst acht Jahre alt. Außerdem war sein Vater beruflich oft unterwegs gewesen, so dass er nur wenig Zeit mit ihm verbringen konnte.

Sein Vater ermordet, weil er eine Entdeckung gemacht hatte, die die Welt hätte verändern können?

Er konnte sich beim besten Willen nicht vorstellen, in welchem Zusammenhang Ergebnisse aus dem SETI-Projekt einen oder sogar mehrere Morde rechtfertigen würden. War jemand erfolgssüchtig und wollte den Ruhm einer bahnbrechenden Entdeckung für sich beanspruchen? Wohl kaum, denn sonst wäre im Laufe der Jahre ja wohl schon lange ein Ergebnis präsentiert worden.

Natürlich kannte auch er die verschiedensten Verschwörungstheorien, aber so recht konnte er daran nicht glauben. Dazu war er zu sehr Realist und Wissenschaftler.

Aber was war schon real? Er würde der Sache auf jeden Fall nachgehen.

Momentan stand für ihn aber erst einmal der erfolgreiche Abschluss seines Studiums im Vordergrund. Und natürlich seine große Chance, bald als Astronaut die Erde hinter sich lassen zu können.

Kapitel 4

Berlin, im Jahre 2031

Frank hatte den Kampf gegen den Krebs verloren. Zum Glück hatte er gerade noch miterleben können, dass Erik sein Studium erfolgreich abgeschlossen hatte und seine Tätigkeit bei der ESA aufnehmen konnte. Bald würden auch die finalen Vorbereitungen für einen bemannten Flug zum Mars beginnen, er war unter den potentiellen Teilnehmern.

Erik war ins nun leere Haus am Stadtrand von Berlin gefahren. Er kümmerte sich um den Nachlass seines Großvaters.
Eine umfangreiche konventionelle Büchersammlung, viele Fotos, Prospekte, Zeitungen und Briefe fand Erik vor.
Er musste sich nun daran machen, die Dinge auszusortieren und für ihn Wertvolles mitzunehmen.

Franks Bücherregal war ein Sammelsurium von Büchern der großen deutschen Dichter bis hin zu wissenschaftlicher Literatur. Es fanden sich viele Werke über Ägypten, die alte Hochkultur der Maya und Azteken, Bücher über Astronomie und Geschichte. Auch die Bücher von bekannten „Querdenkern" fehlten nicht. Viele der Bücher hatte Erik gelesen, wenn er bei seinem Großvater zu Besuch war. Nach dem Tod seines Vaters hatte er viel Zeit bei Frank in Berlin verbracht.

Ja, Bücher waren gesammeltes Wissen; doch heute kaufte man Literatur überwiegend auf Speichersticks oder Speicherkarten.

Erik nahm sich Franks Schreibtisch mit den vielen Schubladen vor.

Lange und intensiv schaute er Fotos, Briefe, Zeugnisse und Erinnerungsstücke an. Da waren auch Urkunden und Zeugnisse seines Vaters, die Frank besonders sorgfältig in einer Mappe aufbewahrt hatte. Robert hatte sein Ingenieurstudium damals mit besten Noten abgeschlossen.

Erik blättere die Mappe durch und seine Gedanken waren bei seinem Vater. Wahrscheinlich wäre Robert sehr glücklich gewesen, dass sein Sohn in seine Fußstapfen getreten war.

Auch stieß Erik auf eine dicke Mappe mit der Beschriftung „Ägypten 2019". Richtig, die Ägyptenreise mit Großvater. Noch genau konnte sich Erik an die beeindruckenden Erlebnisse in Ägypten erinnern. Damals waren sie auch in der großen Pyramide gewesen, die heute ja nicht mehr für die Öffentlichkeit zugänglich war. Angeblich aus Gründen des Schutzes dieser Bauwerke vor der Zerstörung durch den Tourismus. Auch heute war es noch immer ein Rätsel, wie die Ägypter mit der damaligen Technologie solche Bauwerke errichten konnten. Tausende von tonnenschweren Steinen, aufgetürmt zu solch gewaltigen Monumenten. Aber, falls es vielleicht doch unbekannte, supermoderne Technologien gegeben haben sollte, wo wären diese geblieben?

Auch war bisher ungeklärt, wozu die Pyramiden wirklich dienten. Nicht nur einmal waren wissenschaftliche Arbeiten veröffentlicht worden, die erhebliche Zweifel begründeten, dass es sich bei den Pyramiden um Grabmäler der Pharaonen handele.

Ja, die Geschichte des alten Ägypten war in vielen Punkten geheimnisvoll. Leider hatte er in den vergangenen Jahren durch sein Studium nicht viel Zeit gehabt, sich dem Thema Ägypten intensiv zu widmen.

Sein Blick fiel auf eine Postkarte mit der Stele des Seti I. Warum hatte Frank diese Karte mitgenommen? Als sein Blick auf die Fotos einschließlich der Vergrößerungen eines Ausschnittes der Symbole aus dem Tempel von Abydos weiterging, war ihm klar, dass er da etwas gefunden hatte, was er nicht aus den Augen verlieren sollte.

Neben den Reisemitbringseln und vielen Fotografien lag auch eine wissenschaftliche Abhandlung von Professor Rissenfahrt mit dem Titel: „Astronomie und Raumfahrt im Alten Ägypten und der Sethos-Tempel in Abydos". Rissenfahrt? Genau, das war doch der Professor, der auch kurz nach seinem Vater gestorben war und zu dem er Kontakt hatte. Erik schaute auf das Datum der Veröffentlichung. Die Arbeit stammte vom Januar 2015, wurde also kurz vor dem Tod des Wissenschaftlers geschrieben. Gab es da einen Zusammenhang, den Frank damals hatte vielleicht nicht sehen können? Auf jeden Fall würde er sich die Dokumente am Abend genauer ansehen.

Für diesen Tag beendete Erik seine Aufräumarbeiten im Haus seines Großvaters und fuhr in seine kleine Wohnung.

Bald schon saß er in seinem Sessel bei einem Glas Rotwein und studierte intensiv die veröffentlichten Forschungsergebnisse von Prof. Rissenfahrt.

Rissenfahrt ging schlussendlich davon aus, dass es tatsächlich bereits vor mehr als 20.000 Jahren, denn auf dieses Alter datierte man die Säule im Tempel von Abydos, eine Hochtechnologie gegeben hatte, welche heute in verschiedenen Punkten durch die Menschheit möglicherweise nur wiederentdeckt und reaktiviert wurde.

Rissenfahrt führte viele astronomische und archäologische Fakten auf, welche auf eine große kosmische Katastrophe in unserem Sonnensystem vor etwa 20.000 Jahren hindeuteten. Um welches katastrophale Ereignis es sich genau handelte, darüber konnte auch Rissenfahrt am Ende nur spekulieren, denn das war nicht sein Fachgebiet. Seine Aufzählung von Möglichkeiten ging deshalb von einem Kometen- bzw. Asteroideneinschlag über die Explosion einer Supernova in relativer Sonnennähe bis hin zu einer Planetenkollision, welche zu einer dramatischen Änderung der Erdbahn geführt haben könnte.

Die genannten Varianten waren ein interessantes Thema, damit hatte sich Erik auch in seinem Studium der Astrophysik auch ein wenig beschäftigt.

Durch verschiedene Ursachen war es in dem Massengefüge unseres Sonnensystems stets möglich, dass sich die Umlaufzeiten der Planeten um die Sonne, die Neigung der Planetenachsen oder auch die Rotationsgeschwindigkeiten änderten. Das konnte natürlich schwerwiegende Folgen für die Lebensfreundlichkeit eines Planeten haben und zu Eiszeiten, globalen Überschwemmungen oder einer großen Erwärmung führen.

Leider hatte man bisher auf der Erde keine konkreten Beweise dafür finden können.

Als Abschluss der Publikation von Rissenfahrt verwies dieser auf eine weitere Abhandlung, an der er gerade arbeite und welche sich mit den Hinweisen auf Raumfahrt im Altertum beschäftige und in der er konkrete Beweise für seine Thesen publizieren werde.

Erik dachte nach.
Falls Rissenfahrt tatsächlich eine weitere Studie in Arbeit hatte, so konnte er diese wegen seines Todes nicht mehr der Öffentlichkeit zugänglich machen.
Er ging an seinen Computer und recherchierte im Internet. Zu diesem Thema war in den letzten Jahren nichts Neues publiziert worden. Probleme auf der Erde selbst, so zum Beispiel das große Beben in den USA oder zunehmende Krisen hatte das Interesse an Präastronautik weit in den Hintergrund gedrängt.

Trotzdem fragte sich Erik, welche Beweise Rissenfahrt gefunden haben könnte. Spekuliert worden war seit mehr als 50 Jahren, dass es z.B. in den großen Pyramiden geheime Kammern geben könnte oder unter dem Sphinx Hohlräume befindlich seien, in denen uns unsere Vorfahren unglaubliche Dinge hinterlassen haben könnten.
Aber wirklich entdeckt hatte man bis heute nichts. Eine kosmische Katastrophe aber hätte mit Sicherheit nicht alles vernichten können. Reste der alten Technologie hätte man irgendwo finden müssen.
Vielleicht war auch Rissenfahrts unvollendete Arbeit hilfreich, um die mögliche Entdeckung seines Vaters einzuordnen. Dazu musste Erik aber überhaupt erst einmal diese nachvollziehen können. Danach würde er in den nächsten Tagen weitersuchen, wenn er wieder in Franks Haus sein würde.

Es war ziemlich spät geworden und Erik legte er sich zur Ruhe.

Ein groß gewachsener Mann mit dunkler Brille war aus dem Geländewagen ausgestiegen und hatte aufmerksam die Umgebung beobachtet. Dann war er herüber zum in der Einfahrt geparkten PKW gegangen hatte das Ventil des rechten Vorderreifens herausgedreht und mit einer kleinen Flasche eine Flüssigkeit in den Reifen gedrückt. Er setzte dann ein neues Ventil ein, holte eine kleine Pressluftflasche aus der Jacke und pumpte den Reifen wieder auf.   Zum Schluss drehte er eine neue Kappe auf das Ventil, aus der ein ganz kurzer Draht herausragte. Dann ging er zurück zum Geländewagen.
Er sah seinen Vater noch aus dem Haus kommen, in den PKW steigen, winken und davonfahren …

Erik schreckte aus dem Traum hoch. Zum ersten Mal hatte er so von seinem Vater geträumt.
Unweigerlich musste er an die Berichte über die Albträume seines Großvaters denken. Wie sich doch die Träume ähnelten …

Erik vertrieb diese Gedanken und stand auf. Es war schon fünf Uhr morgens. Heute hatte er wieder ein volles Programm zu absolvieren. Zunächst zur ESA, abends dann wieder ins Haus seines Großvaters nach Berlin, falls er pünktlich zurück sein würde.

Während des ganzen Morgens ließen ihn die Gedanken an die letzten Sätze in Professor Rissenfahrts Arbeit nicht los. Beweise für Raumfahrt im Altertum ….

Woher konnte er noch Informationen bekommen? Der Zufall sollte ihm bald dabei helfen.

Bei seiner Tätigkeit bei der ESA standen in der nächsten Zeit neue Projekte auf der Tagesordnung, welche er unbedingt noch mit betreuen wollte. Spätestens in vier Monaten würde er nach Paris umziehen müssen, denn dann begann die heiße Phase der Vorbereitungen der jetzt ausgewählten drei möglichen Crews auf den Marsflug, den man nun für Sommer 2033 terminiert hatte. Jede der drei potentiellen Mannschaften hatte erfahrene Astronauten, Techniker, Ärzte und Wissenschaftler verschiedener Fachgebiete in sich vereint. Er gehörte zur B-Crew und war für den Part der Astrophysik in das Team aufgenommen worden.

Die Vorbereitungen für den langen Flug zum roten Planeten würden zunächst einen mehrmonatigen Aufenthalt jeder Mannschaft in einem vollkommen abgeschlossenen Bereich einschließen, welcher die ungefähre Größe des zurzeit noch im Bau befindlichen Raumschiffes haben würde. Jeglicher direkter persönlicher Kontakt zur Außenwelt während dieser Testphase war ausgeschlossen. Faktisch würde während dieser Zeit der Flug zum Mars simuliert und die Crew musste allein und autark alle Probleme lösen. Nicht nur die möglichen technischen, nein auch die menschlichen. Letzteres würden dann Psychologen bewerten.

Erik hoffte, dass „seine" Crew dies am besten meistern würde und damit als Mannschaft ausgewählt werden würde, welche dann den Weg zum Mars antreten dürfte.

Im Anschluss würden weitere Tests in der Wüste laufen, wo man den Aufenthalt auf dem roten Planeten proben würde.

Aber bis dahin hatte er noch ein paar Monate Zeit, die er intensiv nutzen wollte.

Die ESA arbeitete gerade an der vollständigen Übernahme aller Radioteleskope von der NASA, welche wegen Geldmangels nicht mehr in der Lage war, die Forschungsprojekte weiterzuführen.

Hierbei sah Erik eine gute Chance, vielleicht auf diesem Weg Einblicke in neue Forschungsergebnisse zu erhalten. Als Astrophysiker standen ihm hier viele Möglichkeiten offen. Er selbst betreute zurzeit eine Forschungsmaßnahme zur Problematik der Expansion der Galaxien.

Erst am Abend des übernächsten Tages fand Erik wieder die Zeit, nach Berlin zu fahren.

Erik stöberte auf dem Dachboden des Hauses herum. Kartons mit Kleidung, alten, heute schon fast mittelalterlich anmutenden Küchen- und Elektrogeräten sowie leere Taschen und Koffer fanden sich an.

Und da stand der alte Refraktor seines Vaters, mit dem auch er oft Himmelsbeobachtungen gemacht hatte. Zweihundertfache Vergrößerung, gut geeignet für den Blick auf die Planeten unseres Sonnensystems.

Besonders gerne hatte er sich die vier großen Jupitermonde im Fernrohr angesehen, die als deutliche Lichtpunkte neben Jupiter erkennbar waren. Oder auch Saturns Ringsystem.

Heute konnte man für den Hausgebrauch zu vernünftigen Preisen sehr leistungsstarke Kleinteleskope mit Automatik kaufen. Eine Eingabe des Himmelsobjektes am Gerät, schon schwenkte das Teleskop automatisch dahin.

Erik brachte die anderen gefundenen alten Elektrogeräte nach unten. So schade es um diese sicher war, für ein Museum waren sie noch zu jung und gebrauchen konnte er sie auch nicht. Die nächsten Jahre ohnehin nicht, falls er sich zu den „Marsianern" zählen durfte.

Trotzdem konnte er nicht widerstehen, zumindest ein paar der betagten Geräte noch einmal in Betrieb zu nehmen, um zu sehen, ob und wie sie funktionierten.

Sein Blick fiel zunächst auf ein Gerät mit einem Glaszylinder, an dem unten scheinbar der Motor angebracht war. Er gab der Maschine Strom und drückte den roten Knopf. Ein kreischendes Geräusch erfüllte die Luft und unten im Glaszylinder rotierte etwas.

Er konnte sich nur noch dunkel daran erinnern, dass sein Großvater früher mit einem solchen Ding Früchte zerkleinert hatte und ihm so leckere Getränke bereitet hatte. Schon viele Jahre benutzten so etwas höchstens noch Nostalgiker.

Auch mit dem nächsten Gerät konnte Erik zunächst nichts anfangen. Es war ein flacher Kasten mit einem kreisrunden Teller in der Mitte und einem Arm an der Seite, den man nach innen schwenken konnte.

Als er dann in der Kiste daneben schwarze Scheiben, unter anderem mit der Aufschrift „Beatles" oder „Rolling Stones" fand, kam ihm die Erinnerung, dass Frank in seiner Jugendzeit auf die Musik dieser Gruppen stand und man mit dem flachen Kasten den besagten schwarzen Scheiben diese entlocken konnte.

Erik beschloss, diese Dinge nun doch nicht wegzuwerfen, zumindest ein ideeller Wert war hier nicht zu verleugnen.

Ein klobiges, quadratisches Ding mit der Aufschrift „Laserprinter6005" nötigte ihm ebenfalls ein Lächeln ab. Drucker waren heute höchstens noch ein Drittel so groß. Erik fragte sich, ob das Gerät noch funktionierte. Nach dem Einschalten blinkte eine rote Leuchtdiode. Erik erkannte, dass sich der Drucker über Papiermangel beschwerte; er fand ein paar leere Blätter, welche er in das Fach legte.
Plötzlich begann der Drucker wie von Geisterhand zu arbeiten und spuckte mehrere Ausdrucke ins Ausgabefach. Erik war sichtlich überrascht. Vermutlich war bei der Ausführung des letzten Druckauftrages das Papier ausgegangen, der Rest der Daten aber über die Jahre noch im Gerätespeicher erhalten geblieben.
Als Erik die Ausdrucke anschaute, stockte ihm der Atem. Mehrere Seiten waren mit Kurven, Linien, Parabeln und unendlich vielen Zahlen und Daten bedruckt, als Titelzeile war jeweils „University of California, 2015-03-16" zu lesen. Er musste nicht mehr lange nachdenken. Er hatte das gefunden, wonach sein Großvater die letzten Jahre seines Lebens gesucht hatte: Den Schlüssel zur Entdeckung seines Vaters!
Erik musste sich erst einmal hinsetzen. Zitternd nahm er die Blätter in die Hand ...

Kapitel 5

Darmstadt, im Jahre 2031

Erik hatte noch etwa acht Wochen bis zu seiner Abreise nach Paris. Die ESA hatte ihn endgültig als Mitglied der B-Crew bestätigt.
Bald würden die 30 Männer und Frauen jeweils teamweise in die Isolation gehen, um sich auf den etwa sechsmonatigen Flug vorzubereiten.
Erik kannte die meisten seiner Mitstreiter bereits von den regelmäßigen Zusammenkünften und Lehrgängen in den letzten beiden Jahren. Sie kamen aus verschiedenen Nationen, es waren auch drei Frauen dabei. Er freute sich auf den neuen Abschnitt in seinem Leben, er war einer der jüngsten in der B-Crew. Körperliche Fitness und mentale Stärke waren natürlich auch Grundvoraussetzungen für die Auswahl gewesen.

Doch zunächst musste er die verbleibende Zeit nutzen, weiter zu recherchieren und die vorhandenen Erkenntnisse zu einem Bild zusammenzufügen.
Er hatte die Ausdrucke aus dem Drucker seines Vaters wieder und wieder angeschaut und analysiert. Es war die Aufzeichnung einer relativ kurzen Sequenz, eindeutig und nachweislich technischen Ursprungs im Radiowellenbereich. Ein Signal, welches nicht von der Erde kam! Auch Erik hatte alle mögliche Quellen auf der Erde und um die Erde herum geprüft, alle möglichen Satelliten und von der Erde ins All geschickten Sonden ausgeschlossen. So kam er zu dem gleichen Schluss wie offensichtlich

schon sein Vater. Es war ein Signal von „draußen“, die aufgefangene Sequenz warf aber mehr Fragen auf, als sie Antworten lieferte. Zumindest hatte Erik die Antworten noch nicht gefunden, auch hatte er bisher mit noch niemand darüber gesprochen.
Unklar war ihm vor allem noch der schon von seinem Großvater vermutete Zusammenhang zur Ägyptologie. Wo lag der Schlüssel, wenn es denn überhaupt einen gab? Wem sollte er sich anvertrauen, mit wem sollte er darüber sprechen? Wieder mehr Fragen als Antworten …

Erik nahm die Blätter erneut aus seinem Schreibtisch.
Die Signalsequenz bildete grafisch ein eigentümliches Wellenmuster mit kurzen und längeren Abständen. Die Sendung wurde gerade mal über einen Zeitraum von wenigen Sekunden aufgefangen. Das Signal hatte eine beeindruckende Stärke und war sogar auf verschiedenen Frequenzbändern feststellbar gewesen. Eindeutig technischen Ursprunges, darüber gab es keine Zweifel. Aber eben definitiv nicht von dieser Welt. Woher dann?
Auch über die Richtung, aus der das Signal aufgefangen hatte, waren auf Grund der Daten auf den Ausdrucken einigermaßen genaue Aussagen möglich.
Aber die waren in hohem Maße unlogisch: Im Umkreis von mindestens einhundert Lichtjahren gab es in der Weltraumregion keinerlei Sternsystem oder andere bekannte Strahlungsquellen.
Nun, es wäre auch zu einfach, wenn man ein Signal direkt von einem Sternensystem auffangen würde, was man auch noch gleich entschlüsseln könnte und die Botschaft hätte: „Hallo, hier sind wir!“ Hier durfte man

vielleicht nicht so sehr in den logischen menschlichen Dimensionen denken. Die Wirklichkeit war komplizierter.

Erik stutzte. Trotzdem, je öfter er es anschaute, irgendwie kam ihm dieses Signalmuster bekannt vor.
Erst vor einigen Wochen hatte er doch solch ein Muster gesehen ...
Er kramte in seinem Schreibtisch. Sein Blick fiel auf die Postkarte aus dem Ägyptischen Museum in Kairo. Da war es! Das Muster auf der Stele des Seti I. ähnelte verblüffend den Kurven auf den Ausdrucken.
Und da- auf der Säule aus Abydos! Nahezu genau das gleiche Muster, gleicher Wellenabstand, Amplitude und so weiter. Das konnte doch wirklich kein Zufall sein.
Aber was bedeute das? Ganz optimistisch gedacht, dass schon die alten Ägypter das Signal aufgefangen und vor allem aufgezeichnet hatten. Aber womit denn?
Eriks Blick fiel nochmals auf die Fotos der Säule aus dem Sethos-Tempel. Die komische Schale sah verdammt nach einem Radioteleskop aus....
Wenn sich das bestätigen würde, könnte das Geschichtsbild wirklich mächtig durcheinandergewirbelt werden.
War es dass, was vielleicht auch Professor Rissenfahrt als „Beweise" bezeichnet hatte? Wusste auch sein Vater davon? Fragen blieben also genug.
Aber halt! Bisher waren das alles nur Hypothesen, ermahnte ihn die Stimme des nüchtern- realistischen Wissenschaftlers in seinem Inneren. Schon oft waren in der Geschichte aus Zufällen oder Halbwahrheiten die falschen Schlüsse gezogen worden.
Er hatte in seiner wissenschaftlichen Ausbildung gelernt, die Dinge systematisch zu prüfen und stets mehrere Quel-

len zu Rate zu ziehen oder durch mehrere unabhängige Prüfmethoden abzusichern.

Wie aber verhielt es sich hier, welche Möglichkeiten blieben ihm? Auch lief ihm die Zeit davon, mit seiner Abreise nach Paris würde er keine Möglichkeit mehr haben, seine Recherchen fortzuführen.

Erik nahm sich noch einmal die Arbeit von Professor Rissenfahrt vor. So oft er diese las, das Wellenmuster oder etwas Ähnliches spielte in den Überlegungen des Professors keine Rolle. Vielleicht in der noch unveröffentlichten Arbeit, mit der Rissenfahrt noch beschäftigt war? Aber wie sollte man daran kommen…

Im Impressum der Publikation fand er neben Rissenfahrt die Namen von drei wissenschaftlichen Mitarbeitern.

Möglicherweise hatte sein Großvater bereits mit diesen gesprochen, aber Frank fehlten ja die Erkenntnisse, die ihm heute vorlagen.

Die Suche nach den drei Wissenschaftlern erwies sich als äußerst schwierig. Zwei waren wie vom Erdboden verschwunden, nirgendwo ergab sich eine Spur zu ihrem heutigen Aufenthalts- oder Arbeitsort.

Lediglich den Dritten konnte Erik aufspüren. Hans-Jörg Schneider, heute promovierter Archäologe, war in Berlin an der Universität als Dozent beschäftigt.

Erik schaffte es, schon kurze Zeit später einen persönlichen Gesprächstermin mit ihm in Berlin zu vereinbaren.

Leider endete das Treffen mit einer Enttäuschung für Erik. Schneider, ein heute etwa Fünfzigjähriger, war nur kurze Zeit ein Assistent von Prof. Rissenfahrt gewesen und hatte sein Spezialgebiet in der Archäologie.

Sein Anteil an der Arbeit des Professors lag dabei lediglich in der Altersbestimmung und Bewertung der Funde.

Hier konnte er Erik aber bestätigen, dass auf Grund der festgestellten geologischen Merkmale und weiterer Fakten die Datierung der Abydos- Säule auf über 20.000 Jahre zutreffend ist. Weitere Details waren ihm nicht bekannt. Auch der Verbleib der weiteren Arbeit von Professor Rissenfahrt war ihm nicht geläufig, genauso wenig kannte er den heutigen Aufenthaltsort der beiden anderen Assistenten, die an der Arbeit mitgewirkt hatten. „Manchmal ist es hilfreich, nicht zu kompliziert zu denken und das naheliegende genauer zu betrachten. Das hat mir in meiner Arbeit schon oft geholfen." waren seine Worte, als sie sich voneinander verabschiedeten.

Zurück in Darmstadt dachte Erik über das Zusammentreffen nach. Das naheliegende genauer betrachten- das war es! Was wäre, wenn die Signale nicht von vielen Lichtjahren entfernten Sternensystemen kamen, sondern aus der kosmisch gesehen näheren Umgebung?
Das würde auch die relativ große Signalstärke erklären. Aber woher kamen die Signale?
Und vielmehr musste man sich auch die Frage stellen, ob die Signale absichtlich ausgesandt wurden und für wen sie eigentlich bestimmt waren. Gab es da einen speziellen Empfänger auf der Erde, der mit den Signalen etwas anfangen konnte? Wartete vielleicht sogar jemand auf Antwort?

Erik nahm sich die Daten auf den Ausdrucken wieder vor und gab diese noch mal in seinen ESA-Rechner ein, um eine weitere Simulation zu starten. Doch diesmal verknüpfte er die Daten mit denen unseres Sonnensystems.

War es möglich, dass sich der Sender innerhalb unseres solaren Systems befand?
Erik startete den komplexen Suchlauf. Der Rechner würde eine Weile brauchen.

Die ganze Abteilung war in heller Aufregung. Deutliche Signale! Von verschiedenen Radioteleskopen auf der Welt aufgefangen, die Herkunft eindeutig außerirdisch! Rhythmische, technisch erzeugte Radiowellen. Ein binärer Code! Doch was genau wurde da übertragen? Einer der Wissenschaftler fand es schnell heraus: Es war die Reihe der Primzahlen, die in Signale gefasst gesendet wurde. Unglaublich! Die Computer zur Auswertung liefen auf Hochtouren, dann das Ergebnis: Sie kommen unzweifelhaft vom Jupitermond Europa.
Ein kräftiges Piepsen war zu hören ...

Das kurze Signal seines Rechners hatte Eriks Traum jäh unterbrochen. Der Rechner hatte seinen Suchlauf beendet.

Nichts. Kein passendes Objekt befand sich zum Zeitpunkt der Signalaussendung in der betreffenden Richtung. Genau genommen kamen sie aus Richtung der Sonne, was ebenfalls nicht logisch war. Es wäre auch eine echte Überraschung gewesen, denn unserer Sonnensystem war zumindest bis zum Saturn radioastronomisch und optisch gründlich durchforstet, eine Anzahl von Satelliten hatte den interplanetaren Raum gescannt. Künstliche Objekte, die Radiowellen ausstrahlten, sollten da in jedem Fall gefunden worden sein. Noch dazu, wenn sie schon seit vielen tausend Jahren existierten. Theoretisch zumindest, wenn sie denn auch aufgefunden werden wollten!

Genau hier vermutete Erik die eigentliche Lösung. Wenn die Sender des mysteriösen Signals, aus welchen Gründen auch immer, sich nicht offen zeigen wollten, weiter im Verborgenen bleiben wollten? Oder die Signale nicht für uns bestimmt waren, aber für wen dann?

Lag der Schlüssel vielleicht doch viele tausend Jahre zurück, gab es doch den Bezug zur Raumfahrt durch die Ägypter?

Erik konnte sich selbst mit viel Fantasie nur schwerlich vorstellen, wie die alten Ägypter oder Pharaonen in ihren typischen Kleidern in ein Raumschiff stiegen. Vielleicht gab es auch gar kein Raumschiff im klassischen Sinne? Reiste man durch Sternentore zwischen den Welten oder Zeiten, wie es in diversen Romanen oder Filmen propagiert wurde? Oder waren, wie durch einige Autoren vermutet, die alten Pharaonen gar nicht von dieser Welt? Verehrte man sie deshalb als Götter?

An Stelle von Antworten hatte er für sich selbst bis jetzt nur noch mehr Fragen gefunden.

Erik hatte eine Idee. Einen finalen Versuch würde er noch starten.

Inzwischen hatte die ESA die großen Radioteleskope von der NASA übernommen.

Erik schaffte es durch seine ausgezeichneten Kontakte zu seinem ehemaligen Mentor während des Studiums, Prof. Diethelm, der nun innerhalb der ESA die Verantwortung trug, das Arecibo-Teleskop sowie andere Radioteleskope für einige Zeit auf die entsprechenden Koordinaten ausrichten zu lassen beziehungsweise die entsprechenden

Frequenzen zu scannen. Einem möglichen Mars-Flieger
wollte man natürlich so einen Wunsch nicht abschlagen.
Als einige Tage später endlich die Datenauswertung vor-
lag, bestätigte sich das, was er innerlich schon erwartet
hatte. Das Ergebnis war komplett negativ. Interstellares
Rauschen, kein Signal, kein Wellenmuster.
Wieder ein Fehlschlag.

Etwa drei Wochen später packte Erik seine persönlichen
Sachen für die nächste Zeit in Paris, möglicherweise
auch für die nächsten 4 Jahre zusammen, denn so lange
würde die gesamte Mission zum Mars einschließlich
Vor- und Nachbereitung dauern.
Jedem Missionsteilnehmer war es gestattet, persönliche
Gegenstände bis zu maximal fünf Kilogramm mitzufüh-
ren. Er entschloss sich, die Ausdrucke, Unterlagen und
auch Fotos aus Ägypten mit nach Paris zu nehmen.
Und noch etwas war in seinem Gepäck: Ein kleines Me-
tallröhrchen, in dem sich ein wenig Asche aus der Urne
von Frank befand. Sein Großvater hatte ihm bei ihrem
letzten Treffen gebeten, diesen kleinen Teil von ihm mit
ins All zu nehmen. Hoffentlich würde er Franks letzten
Wunsch erfüllen können.

Kapitel 6

Paris, in den Jahren 2031 / 2032

Erik war in Paris eingetroffen.
Die einzelnen Crews fanden sich zusammen, wurden entsprechend eingekleidet und unterwiesen, nochmals gründlich medizinisch untersucht, man trainierte gemeinsam.
In zwei Wochen würde das sechsmonatige Isolationsprogramm beginnen.
Die Tage waren ausgefüllt, auf alle Mannschaftsmitglieder kam harte Arbeit zu.
Erik war mit seinen Mitstreitern sehr zufrieden und hatte keinerlei Probleme, sich mit allen anzufreunden. Da war Lena, eine Russin aus Moskau, welche als Ärztin und Biologin mit an Bord sein würde. Ebenfalls aus Russland kam Vladimir, ehemaliger Kampfpilot, der Chemie studiert hatte. Er war bereits im Kosmos gewesen. Maurice aus Frankreich als vorgesehener Kommandant der Mannschaft war auch schon All-erfahren, er hatte an der letzten ESA-Langzeitmission in der Erdumlaufbahn teilgenommen. Aus Deutschland war noch Felix Mayerhöfer dabei. Er war Luft- und Raumfahrtingenieur und als Techniker für die Landeeinheiten und das Habitat zuständig. John aus England, ebenfalls Techniker, hatte aber auch Meteorologie studiert. Aus Frankreich kam die zweite Medizinerin und zugleich Psychologin des Teams; Madeleine war eine äußerst attraktive, aber resolute und unnahbare junge Frau.

Salvatore aus Italien hatte Geologie studiert. Das unbestrittene Computergenie war die hübsche Maria aus Spanien. Und zu guter letzt gehörte noch der NASA-Pilot James Decker zur Mannschaft, der bereits mehrfach mit dem Nachfolger des Spaceshuttles im All war und darüber hinaus ein Studium der Astronomie vorzuweisen hatte. Mit ihm würde Erik ein Zimmer teilen, wenn man die kleine Box mit den hochklappbaren Liegen so bezeichnen konnte.

Die „Bordsprache" war englisch, was für alle kein Problem darstellte. Alle 10 waren sich darüber einig, dass sie es schaffen würden, genau die Mannschaft zu sein, die am 05. August 2033 die Erde verlassen würde. Dieses Datum hatte die ESA nun als fixen Starttermin festgelegt.

Die ersten Wochen der Isolation vergingen schnell. Die Simulation von Start, erster Flugphase, Swing-by um den Mond, Lösung von Problemen und die Bewältigung von technischen Schwierigkeiten ließen kaum freie Zeit. Sie mussten ohnehin gemeinsam auf etwa 50 Quadratmetern Fläche auskommen. Und sobald ein wenig Ruhe einzuziehen schien, nervte die „Bodencrew" mit immer neuen Simulationen, wie z.B. einem Strahlungsausbruch auf der Sonne, wobei sich alle schnell in einen nur ca. drei mal drei Meter großen abgeschirmten Raum zurückziehen mussten. Oder die Einschläge von Mikrometeoriten ins „Raumschiff", hierbei kam es darauf an, schnell die Außenbordanzüge anzulegen und das Leck zu reparieren. Ausfall der Kommunikation, medizinische Probleme oder auch sonstige technische Schwierigkeiten am Raumschiff waren nur einige der Möglichkeiten, die immer wieder durchgespielt wurden. Das Team wuchs gut zusammen, ergänzte sich und trotz der unterschiedlichen Charaktere der Teilnehmer funktionierte alles hervorragend.

Nachdem es die B-Crew geschafft hatte, den halben Weg bis zum fiktiven Eintreffen beim roten Planeten unbeschadet zu überleben, waren ein paar Tage Ruhe angesagt, ehe dann die Annäherungs- und Landephase den Abschluss der sechsmonatigen Simulation bilden würde.

Erik hatte bis hierhin kaum Zeit gefunden, über seine Arbeit und Erkenntnisse vor der Abreise nachzudenken. Trotzdem belastete es ihn merklich.

Da er sich mit James Decker hervorragend verstand und beide ein freundschaftliches Verhältnis aufgebaut hatten, beschloss er, sich James anzuvertrauen. Lange genug hatte er sein Wissen mit niemand teilen können.

James hörte aufmerksam zu, als ihm Erik alles erzählte, was er von seinem Großvater erfahren hatte und was er im Laufe der letzten Zeit selbst herausgefunden hatte.

James sagte aber zunächst gar nichts. Totales Schweigen. Glaubte er ihm nicht? Er schaute zu James hinüber. Aus den Augen dieses selbstbewussten, kräftigen Mannes rannen plötzlich Tränen. Erik war sichtlich irritiert. „Weißt du“, begann er nach einer ganzen Weile, „Dr. Dorstman, der am gleichen Tag wie dein Vater starb, war mein Onkel!“ Er berichtete Erik darüber, dass die Umstände des Raubüberfalles seinerzeit in San Francisco sehr mysteriös waren. Als man seinen Onkel mit 2 Schüssen im Kopf gefunden habe, wäre seine Brieftasche mit mehreren hundert Dollar noch in seiner Jacke gewesen, hingegen sein Koffer mit Unterlagen und seinem Notebook fehlten. Den Täter habe man nie gefunden. Keine Zeugen, keine Spuren, nichts.

Komisch sei auch gewesen, dass man an seinem Arbeitsplatz keine persönlichen Sachen mehr vorfand und nur wenige Tage nach dem Mord an seinem Onkel sein gesamtes Wissenschaftler- und Studententeam in Berkeley vom SETI-Projekt abgezogen habe.

Auch James habe intensiv nach Antworten gesucht, war aber bis heute auch nicht wesentlich weiter gekommen.

Er zeigte sich überrascht, was Erik bereits an möglichen Zusammenhängen herausgefunden hatte. Ihm war dies bei der NASA nicht gelungen, denn alle vorhanden Daten waren als streng geheim eingestuft und waren selbst für Mitarbeiter nicht uneingeschränkt verfügbar. Zwar hatten sich hartnäckig die Gerüchte innerhalb der NASA gehalten, dass nicht nur einmal extraterrestrische Signale aufgefangen worden waren, aber offiziell war nichts herauszufinden. Auch wusste James zu berichten, dass durchgesickert sei, dass NASA-Mitarbeiter an einer geheimen Expedition nach Ägypten beteiligt waren, über deren Ergebnisse absolutes Schweigen herrschte. Man habe nur gemunkelt, dass völlig neue Materialien gefunden worden seien.

Erik hatte durch Zufall einen Partner gefunden, der auf der Suche nach den Antworten auf die gleichen Fragen war! Wieder war er einen, wenn auch kleinen, Schritt bei der Lösung des Rätsels weiter gekommen. Und: Sie waren auf der richtigen Fährte.

Dieser Fährte weiter zu folgen musste nun aber wieder warten, denn der simulierte Marsflug ging weiter und verlangte von allen Crewmitgliedern höchste Konzentration. Die B-Mannschaft meisterte alle Aufgaben hervorragend.

Auch das folgende Wüstentraining überstand die Crew ausgezeichnet. Man lebte und arbeitete während dieser Zeit in einer provisorischen Unterkunft, dem so genannten Habitat, wie dieses dann auch auf dem Mars zur Verfügung stehen würde. Mehr noch: Man war ein richtig gutes Team geworden, was sich ohne viele Worte verstand.

Ein besonders gutes Verhältnis hatte Erik auch zu Maria aufgebaut. Die attraktive Spanierin war 29 Jahre alt und beherrschte ihre Aufgabe hervorragend. Jedes noch so komplizierte Computerproblem, welches eingespielt worden war, konnte sie lösen.

Erik war bewusst, dass sein Verhältnis zu Maria ein nüchternes und rein berufliches bleiben musste, alles andere würde nur zu Problemen führen und konnte die Mission gefährden, die „Gewinnercrew" zu werden, die den Flug zum Mars schlussendlich antreten durfte.

Dennoch war Erik überzeugt, dass Maria die nächste sein würde, der er sein Wissen anvertrauen könnte. Er fühlte in seinem Inneren, dass er in ihr eine Verbündete finden würde. Dass auch Maria für ihn mehr als nur Sympathie zeigte, war ihm nicht entgangen. Blicke können manchmal mehr sagen als tausend Worte.

Was ihm noch fehlte war eine Gelegenheit, mit ihr allein sprechen zu können. Die tägliche Arbeit, die Enge des Habitats machten es nicht leicht, eine Privatsphäre aufzubauen. Eine Möglichkeit, sich einmal zurückziehen zu können, gab es nicht.

Einige Tage später sollte sich jedoch die Gelegenheit ergeben, mit Maria allein unterwegs zu sein. Auf einer simulierten Rettungsmission, bei der zwei der Teammitglieder viele Kilometer vom Stützpunkt verunglückt waren, wurden Erik und Maria als Such- und Bergungstrupp eingeteilt.

Erik fiel es nicht leicht, den Einstieg in das Gespräch mit Maria zu finden. Aber Maria schien eine hervorragende Menschenkenntnis zu haben und machte den ersten Schritt. Erik hatte sich nicht getäuscht. Nachdem beide offen über ihre Gefühle zueinander gesprochen hatten, einigten sie sich, während der Mission diese persönlichen Gefühle soweit als möglich auszublenden und nur ein professionelles berufliches Verhältnis zu haben. Dass dies alles andere als einfach werden würde, war Erik dabei klar....
Erik konnte aber jetzt relativ frei mit Maria über die ihn bewegenden Probleme sprechen. Maria zeigte sich überrascht und bestürzt zu gleich. „Wie du mit solch einer Bürde so einfach umgehen kannst" zollte ihm Maria Anerkennung. Ihr war aber auch klar, dass es für Erik wichtig war, Verbündete für seine ganz persönliche Mission zu finden und sie war überzeugt, dass auch sie ihm bei der Antwort auf seine Fragen helfen würde können.

Die „Rettungsmission" wurde von beiden erfolgreich gemeistert, die „Verunglückten" gut zur Basis zurückgebracht. Auch das Wüstentraining verlief für die B-Crew ohne Schwierigkeiten, so dass die Hoffnung, nein sogar die Überzeugung in der Mannschaft stetig wuchs, für den Flug ausgewählt zu werden.

Trotzdem merkte man allen Teilnehmern an, dass die psychische Belastung in dieser langen Zeit der Isolation stetig größer wurde. Jedes der Crewmitglieder hatte zwangsläufig seine eigenen Probleme mitgebracht, Trennung von Freunden oder Familien waren eine harte Belastung. Jedem musste dabei auch klar sein, dass man, anders als hier während der Vorbereitung auf der Erde, bei der tatsächlichen Mission keine Chance zum Abbruch und Ausstieg haben würde.
So nutzte jeder auf seine Art den äußerst geringen Freiraum, sich mit diesen Problemen auseinanderzusetzen.

Erik lag in diesen Tagen oft lange wach und konnte schlecht einschlafen.
So gingen ihm beispielsweise die Aussagen von James nicht aus dem Kopf. Eine geheime Expedition der NASA nach Ägypten. Selbst wenn es nur ein Gerücht gewesen sein sollte, an jedem Gerücht war stets auch ein wenig Wahrheit.

Sonne, Hitze, Wüste. Mehrere Männer in eigenartigen Gewändern bedienten ein großes Gerät. Es sah aus, wie ein auf der Seite liegendes Silo von etwa 30 Meter Länge, welches um die eigene Achse rotierte.
Auf dem Boden in unmittelbarer Nähe waren viele seltsame, rechteckige Formen ausgelegt. Die Männer schlossen eine glänzendes, schlauchartiges Gebilde an das Gerät an und die seltsamen Formen füllten sich mit einer zementartigen Masse.
Etwas weiter davon entfernt brachten andere Männer auf schon fertigen Quadern ein kleines Kästchen an. Dann drückten sie einen Hebel an einem Gerät, welches sie in

der Hand hatten, und der tonnenschwere Quader hob einfach vom Boden ab!
Die Quader schwebten durch die Luft, hin zu einer halbfertigen Pyramide ...
Etwas rüttelte heftig an Erik.

„He, aufstehen, dein Dienst beginnt!" weckte ihn James. Erik war von dem Traum noch ganz benommen, so deutlich hatte er lange nicht geträumt. Sein Traum kam ihm seltsam realistisch vor. Aber es war eben nur ein Traum.

Das Jahr 2032 neigte sich dem Ende, das Training in der Wüste war beendet. Nach über einem Jahr Isolation würden sie nun erst einmal wieder, wenn auch nur für relativ kurze Zeit, in ihr Leben zurückkehren.
Im Februar 2033 ging es dann in ein abschließendes Trainingscamp, im Ergebnis würde im Juni die Entscheidung fallen, wer den Flug zum Mars antreten würde.

Kapitel 7

Paris , im Jahre 2033

Der Aufenthalt in den Trainingscamps war Geschichte.
Die drei Teams hatten alles gegeben, denn jede Mannschaft war natürlich bestrebt, am Ende wirklich zum roten Planeten zu fliegen. Noch ein paar Wochen bis zur Bekanntgabe des Ergebnisses der Entscheidung der ESA-Kommission blieben, Wochen der Spannung und der Hoffnung.

Erik hatte nun ein wenig mehr Zeit gefunden, sich mit Maria auszutauschen.
Maria hatte ihre genialen Computerkenntnisse benutzt, um alle irgendwie verfügbaren Datenbanken nach weiteren Informationen anzuzapfen. Auch James Decker hatte sich intensiv an der Suche beteiligt.
Bei ihren Recherchen stießen sie tatsächlich auf einige Spuren. Da war zum einen das später als „WOW" bezeichnete, schon im Jahre 1977 aufgefangene extraterrestrische Signal. Dieses war auch nur ein einziges Mal aufgetaucht, es hatte aber eine andere Struktur als das, wonach sie suchten.
Deshalb kam es zunächst nicht in die engere Wahl.
Zum anderen gab es da im Jahr 2002 den dokumentierten Empfang eines Signals technischen Ursprunges, den man aber von offizieller Seite mit einer Überlagerung eines GPS-Signals zur Positionsbestimmung erklärte.
Bei diesem Signal gab es auch tatsächlich ein Wellenmuster, aber gerade entgegengesetzt zum Muster, wel-

ches sie suchten. Zufall oder nicht, so richtig brachte sie auch das nicht weiter.

Vielleicht mussten sie wirklich die Spur nach Ägypten zurück verfolgen. Aber das war wie die Suche nach der sprichwörtlichen „Nadel im Heuhaufen".
Die drei Freunde waren sich einig, dass man die Recherchearbeit ein wenig aufteilen musste, um schneller zu Ergebnissen kommen zu können.
Nachteilig wirkte sich zudem aus, dass die drei sich nicht mehr frei und uneingeschränkt bewegen konnten. Sie waren bis zur Entscheidung der Kommission verpflichtet, im ESA-Gelände bei Paris zu bleiben.
Ein schneller Trip nach Ägypten oder an andere Orte war damit nicht mehr möglich. So blieben nur das Internet, das Telefon und entsprechende Literatur.
Maria würde wegen ihres Könnens die weltweiten Computernetze durchforsten, James würde per Telefon alle möglichen Wissenschaftler und Experten kontaktieren und Erik selbst würde sich der verfügbaren Literatur und Publikationen widmen.
Doch halt: Was, wenn nach Gründen für ihre Recherchen gefragt würde, was, wenn jemand misstrauisch würde? Gab es heute noch immer die Möglichkeit, dass Nachfragen zu diesem Thema verhindert werden sollten? Bestand noch immer die Gefahr, so wie Eriks Vater, der Onkel von James oder Professor Rissenfahrt zu enden? Wenn damals der Arm der Verantwortlichen bis nach Deutschland reichte, so war anzunehmen, dass man selbst im abgeschirmten ESA-Gelände nicht sicher sein konnte.

James hatte inzwischen herausgefunden, dass nur sehr wenige Menschen die Chance hatten, kurzfristig von Roberts Entdeckung und den Telefonaten mit seinem Onkel zu erfahren. Natürlich wurden durch die Geheimdienste, angeblich aus Gründen der Terrorismusbekämpfung, weiterhin Telefonate in die Vereinigten Staaten automatisch überwacht, bei bestimmten Schlagworten aufgezeichnet und zurückverfolgt. Die NSA und auch die CIA hatten ein komplexes Überwachungssystem aufgebaut, was sogar bis in die NASA hinein reichte. Aber warum sollte die NSA in wissenschaftliche Arbeit eingreifen, nichts deutete doch nur wegen dem Signal offensichtlich auf eine Gefährdung der Vereinigten Staaten hin.
Oder gab es da geheime Projekte, die so ans Licht der Öffentlichkeit rücken könnten?

Die „AREA 51" und die Geschichten über dieses Testgelände der Amerikanischen Luftwaffe kamen den Freunden wieder in den Sinn. Außerirdische Technologie, an der dort geforscht wurde? Nein, das war für die drei realistisch denkenden Freunde nicht nachvollziehbar. James Decker war zwar nie dort gewesen, konnte es sich aber auch als ehemaliger Offizier der Air Force nicht wirklich vorstellen. Sicher, Neuentwicklungen der Luftwaffe wurden dort getestet, das war allgemein bekannt.
Aber: Wenn man über eine solche überlegene Technologie verfügen sollte, warum würde man der ESA nahezu kampflos das Feld für den ersten interplanetaren Flug überlassen?
Auch wenn sie damals noch nicht geboren waren, so hatten sie doch über das damalige politische und wirtschaftliche Prestige, den „Wettlauf zum Mond" zu gewinnen,

beste Kenntnisse. Hier hatten bekanntlich die USA alles daran gesetzt, vor den Russen den Mond zu erreichen.

Oder gab es da wirklich etwas, was doch eine Gefahr für die Erde darstellen würde? Vielleicht überlegene technische Möglichkeiten und Waffen, mit denen man zum Beispiel die Menschheit auslöschen könnte?
Unweigerlich musste Erik da an die Berichte in alten indischen Überlieferungen denken, wo von „Kriegen zwischen den Göttern“ und den „Städten am Firmament“ gesprochen wurde.

Wieder blieben eine Menge Fragen offen, die gegenwärtig niemand beantworten konnte.
Die drei beschlossen daher, vorsichtig zu sein und nur wenige Menschen ins Vertrauen zu ziehen.

Jeder ging erfüllte nun seinen Teil der Nachforschungen mit dem entsprechenden Fingerspitzengefühl.
Maria versuchte, ihre bei den Recherchen im Internet verursachten Spuren entsprechend zu verschleiern, James hatte sich für seine Telefonate entsprechende Legenden ausgedacht. Am einfachsten hatte es Erik, der sich nur die Unmengen vorhandener Publikationen arbeiten musste.

Jeden Abend saßen die drei Freunde zusammen und werteten ihre Ergebnisse aus.
Die Erkenntnisse blieben weiter bruchstückhaft.
James hatte mit verschiedenen Wissenschaftlern gesprochen, aber ohne den durchgreifenden Erfolg.

Maria hatte sich außerdem komplexen Berechnungsmodellen gewidmet. Wenn die aufgefangenen technischen Signale aus 2002 in einem Zusammenhang stehen sollten, so kamen diese doch wiederum aus einem anderen Sektor des Himmels wie die von Eriks Vater untersuchten. Auch eine Rückrechnung auf mögliche Gemeinsamkeiten hatte hier zu keinem Ergebnis geführt, da die Daten dafür nicht genau genug waren.

Falls doch ein Zusammenhang bestehen sollte, so mussten sie dies durch mindestens einen weiteren Datensatz mit den entsprechenden Signalen überprüfen. Aber da lag genau ihr Problem: Über diesen Datensatz verfügten sie nicht. Sie waren gezwungen, bis zum nächsten Auftauchen des mysteriösen Signals zu warten.

So wurde ihnen an dieser Stelle klar, dass sie es vermutlich nicht schaffen würden, in der Kürze der zur Verfügung stehenden Zeit zu befriedigenden Ergebnissen zu kommen.

Aber auch noch ein anderes Thema kam unweigerlich zur Sprache, ein Thema, welches bislang auch stets verdrängt worden war:

Falls man auf die Mission zum Mars geschickt würde, wie hoch war die Wahrscheinlichkeit, auch wieder wohlbehalten zurückzukehren?

Den drei war sehr wohl bewusst, dass sie auf eine gefährliche Reise mit vielen Unbekannten gehen würden. Sicher hatten sie trainiert, jede nur erdenkliche Schwierigkeit hatte man durchgespielt. Aber eben nur jede erdenkliche. Was würde da draußen wirklich auf sie warten? Erfahrungswerte gab es keine, das Weltall und der Mars waren nach menschlichen Gesichtspunkten lebensfeindlich. Jeder noch so kleine Fehler konnte das Ende bedeuten, das Ende für sich selbst und die gesamte Crew. Und neben der Technik, die funktionieren musste, war da auch noch der Faktor Mensch.

Auch war klar, dass es anders als bei der berühmten Apollo13-Mission keine Chance zum Missionsabbruch und zur Rückkehr auf die Erde gab, wenn man erst den Swing-by um den Mond ausgeführt hatte und auf direktem Weg zum roten Planeten war.

Es war wichtig, sich dessen stets bewusst zu sein und die drei beschlossen, gut aufeinander aufzupassen.

Schließlich hatten sie auch nach dem Marsflug noch eine Mission. Sie gaben sich gegenseitig das Versprechen, auch im Falle des Todes eines der Freunde weiter nach Antworten zu suchen.

Kapitel 8

Paris, im Sommer 2033

Erik warf vor Wut seine Schuhe in die Ecke. Eigentlich war er ein sehr ausgeglichener Typ, der selten zu Gefühlsausbrüchen neigte. Aber in diesem Fall überwog die totale Enttäuschung.
Aus und vorbei war der Traum:
Die Kommission hatte die A-Crew bestimmt, zum Mars zu fliegen.
Die Verantwortlichen der ESA betonten zwar auf der Pressekonferenz , dass alle drei Teams beste Voraussetzungen für die Mission mitbringen würden, aber dies half Erik in diesem Moment auch nicht weiter. Sein Traum genau wie der von Maria, James, Lena, Maurice und den anderen Mitgliedern seiner Mannschaft war geplatzt. Umsonst die Zeit der Entbehrungen während der langen Zeit des Trainings, umsonst die Hoffnungen.

Natürlich mussten sie trotzdem alle im Camp der ESA bleiben, weiter an den Flugvorbereitungen teilnehmen und mittrainieren, denn faktisch könnte bis zum letzten Tag vor dem Start zum Beispiel wegen einer ernsthaften Erkrankung eines Mitgliedes des anderen Teams ein Austausch der gesamten Mannschaft notwendig werden. Aber die Chancen darauf standen verschwindend gering. Natürlich würde jedes Mitglied der A-Crew jetzt penibel darauf achten, sich nicht beim Training den Fuß zu verstauchen oder von der Plattform zu fallen.

Nach dem Start bliebe dann für die Mitglieder der beiden anderen Mannschaften die Arbeit mit den Journalisten, wobei dann erstmals über das Training für die Mission berichtet werden dürfte. Auch die wissenschaftliche Mitarbeit bei der Bodenstation gehörte zu den Aufgaben von denen, die auf der Erde bleiben mussten.

Maria, die bei der Entscheidung auch unverkennbar Tränen in den Augen hatte, fing sich schnell und fand tröstende Worte für Erik. Er fand, dass Maria eigentlich der Teampsychologe sein müsste, sie konnte das weit besser als Madeleine, die seiner Meinung nach zu kühl und distanziert geblieben war.
Nun, so blieb bald auch wieder mehr Zeit für seine zweite Mission. Und natürlich für Maria.
Jeder Tag mit ihr war ein Gewinn gewesen, auch wenn beide bisher ihre Gefühle füreinander noch nicht ausleben konnten. Aber auch das würde sich hoffentlich ändern.

Der August 2033 rückte näher.
In zwei Tagen würden sie alle nach Kouru in Französisch Guyana, dem Startplatz der Mission, fliegen.
Und am 05.August würde die Ariane 9A, die derzeit weltweit größte Rakete, abheben. Mit dem Marsraumschiff und der A-Crew an Bord.
Erik konnte sich mit diesem Fakt noch immer nicht abfinden. Gut, es war der erste echte Rückschlag in seiner noch jungen Karriere. Bisher war immer alles glatt gelaufen. Fast manchmal zu glatt. Abitur, Studium, Aufnahmetests bei der ESA, alles. Nun, auch mit Rückschlägen

und Niederlagen musste man leben, nun machte er auch diese Erfahrung.

Die B-Crew hatte sich morgens im Besprechungsraum versammelt, als für ihn eine Mitteilung hereingereicht wurde.

Er möge bei Prof. Diethelm in Deutschland zurückrufen.

Erik war sich sicher, dass sein ehemaliger Mentor ihm nur Trost zusprechen wollte, da dieser sicher auch davon gehört hatte, dass Erik nun nicht ins All fliegen würde. Die Mitteilung, die er Erik dann erhielt, überraschte ihn total.

Diethelm, der teilweise in Eriks Wissen eingeweiht war, habe bei Forschungen in anderer Sache in älteren Aufzeichnungen der Radioteleskope tatsächlich und zufällig eine kurze Sequenz gefunden, welche fast identisch mit dem von Erik gesuchten Signal war.

Nach Prof. Diethelms Überzeugung hatte diese Sequenz bisher keiner beachtet, da diese von anderen technischen Signalen überlagert war und so als ein von der Erde kommendes Signal eingestuft worden war. Genaueres dazu habe er aber zurzeit nicht herausfinden können, er werde die Unterlagen für ihn beiseite legen, bis er wieder in Darmstadt sei.

Diese Information ließ Erik im ersten Moment fast vergessen, dass er nicht zum Mars fliegen würde. Die Spur war wieder da, deutlich und klar. Er konnte es gar nicht erwarten, Maria und James einzuweihen. Auch die beiden zeigten sich natürlich begeistert und schmiedeten Pläne, wie man die Suche wieder aufnehmen könnte.

Da war also der fehlende Datensatz, den Maria dringend
benötigte, um damit vielleicht die Herkunft des Signals
neu berechnen zu können.
Maria war in diesem Moment fast noch neugieriger als
Erik, der nach der ersten Euphorie schon wieder einen
gewissen Abstand gefunden hatte.
Was mochte die Berechnung bringen? War das Ergebnis
wieder nicht eindeutig oder würden sie einen gewaltigen
Durchbruch erzielen? Leider blieb hierfür erst einmal
keine Zeit.

Am nächsten Tag mussten auch sie nach Südamerika fliegen und dort bald ihren Kollegen der A-Mannschaft beim
Start zuzusehen …

Kapitel 9

Kouru, August 2033

Die Hitze, verbunden mit der hohen Luftfeuchtigkeit, war gewöhnungsbedürftig. Auf Grund des errechneten Startfensters musste der Start zwischen dem 05. und 10.August erfolgen. So blieb bei irgendwelchen Schwierigkeiten kaum Zeit für lange Wartezeiten.
Erik und seine Mitstreiter sahen das Raumschiff heute zum ersten Mal in der Realität. Schöner und glänzender als beim Simulationsmodell erschien die Außenhaut. ESA-MARSFLIGHT1 war darauf zu lesen. Leider würde es ohne ihn an der Spitze der riesigen Ariane-9A abheben. Über 50 Tonnen Nutzlast konnte dieses Wunderwerk der Technik ins All befördern.
Auch wenn bereits drei Transporter zum Mars geflogen waren und dort ihre Nutzlast sicher abgeliefert hatten, so war die Marsflight1 mit etwa 50 Tonnen das bisher größte Raumschiff, welches von der Erde aus gestartet werden würde.
Noch eine Woche.

Erik saß in seinem Raumanzug angeschnallt in seinem Sessel. Maria ihm gegenüber atmete schwer unter ihrem Helm. Lena schoss Blut aus der Nase. Krampfhaft versuchte Maurice, den Schalter für die Notabsprengung der Kapsel zu erreichen. Der Druck, der die Mannschaft in die Sitze presste, war zu groß. Ein Feuerball hüllte alles in gleißendes Licht....

Erik schreckte zitternd aus dem Albtraum hoch. Er schaute aus dem Fenster. Die Ariane stand beleuchtet, aber still und friedlich auf ihrer Startrampe.

Was sollte das? Seit langer Zeit hatte er keine Albträume mehr. Warum hier und heute?

Natürlich, der Traum machte ihm noch einmal die Gefährlichkeit der Mission bewusst, über die er mit der Crew schon vor einigen Tagen gesprochen hatte. Aber in erster Linie musste sich jetzt die A-Crew mit diesem Thema auseinandersetzen …

Der folgenden Tage waren mit Flugvorbereitungen ausgefüllt.

Alle drei Crews absolvierten das gleiche Programm, prüften die Ausrüstung, unterzogen sich letzten Tests.

Morgen würde es soweit sein. Der Start war auf 10 Uhr Ortszeit angesetzt. Die A-Mannschaft war gerade in die Quarantäne bis zum Start gegangen. Ab diesem Zeitpunkt hatten die B und C-Mannschaft zunächst zwei Tage frei.

Erik klopfte an Marias Quartier. Schön und aufreizend wie immer stand sie vor ihm. Diese Nacht würden beide nicht allein verbringen …

Lärm. Schritte, Aufregung, Stimmengewirr.

Erik schreckte auf und schaute auf die Uhr. Es war 3.30 Uhr, es war kein Traum. Was war los? Schnell zog er sich an und begab sich in sein Quartier.

Alle Verantwortungsträger, auch der Chef der Mission, rannten aufgelöst umher.

Kurze Zeit später rief Maurice die B-Crew zusammen und klärte auf.

Es gab ernsthafte Probleme in der A-Mannschaft, die zunächst zu einer Startverschiebung führten.
In der letzten Phase vor dem Start hatte Martin Nordquist, der schwedische Raumfahrttechniker aus der A-Mannschaft plötzlich einen totalen psychischen Zusammenbruch erlitten. Er kauerte sich in die Ecke, weigerte sich, den Raumanzug anzulegen und wollte aus dem Projekt aussteigen. Die Psychologen waren ratlos, war er doch bislang einer der stabilsten und der Leistungsträger der A-Crew gewesen.

Madeleine wusste zu berichten, dass auch noch zwei weitere Crewmitglieder mit erheblichen Angstgefühlen zu kämpfen hätten und die Mission somit für die A-Mannschaft auf der Kippe stand.

Sollte sich aus diesem tragischen Fakt nun vielleicht doch noch eine Chance ergeben?
Die Missionsleitung hatte schnell zu entscheiden, denn das zeitlich eng begrenzte Startfenster musste unbedingt eingehalten werden. Sonst wäre die ganze Mission nicht mehr durchführbar.
Der für 10 Uhr geplante Start wurde erst einmal verschoben.
Nach eingehender Beratung fiel am Nachmittag die Entscheidung. Neuer Starttermin: 10 Uhr in 2 Tagen! Fliegen würde die B-Crew!

Die Nachricht verbreitete sich unter den Mannschaftsmitgliedern wie ein Lauffeuer. Die Chance, an die schon keiner mehr geglaubt hatte, war wieder da.

Die Mannschaftsmitglieder setzten sich im Besprechungsraum zusammen. Man sprach über die Mission,
aber auch noch einmal über die Ängste, die jeder Teilnehmer mehr oder weniger offenbarte.
Für jedes Mitglied blieben nun noch zwei Stunden, bis
man in die letzte Phase der Startvorbereitungen gehen
musste. Jeder konnte noch einmal mit seinen Angehöri-
gen telefonieren und seine persönlichen letzten Vorbereitungen treffen.

Die Mannschaftsmitglieder gingen auseinander. Zwischen Erik und Maria genügten Blicke. Beiden war klar,
dass die Geschehnisse der letzten Nacht zunächst ihr Geheimnis bleiben mussten.
Erik saß in seinem Quartier und überlegte. Dann rief er
bei Prof. Diethelm an, um eine Bitte an ihn zu richten …

Alle Crewmitglieder trafen pünktlich am vereinbarten
Treffpunkt ein. Jetzt wäre die letzte Chance, noch auszu-
steigen. Doch von allen kam ein klares und deutliches
OK und man ging in die letzte Phase vor dem Start.
Die Raumanzüge wurden angelegt, die Notfallprozedu-
ren für den Zeitraum des Starts noch einmal durchge-
spielt.
Ein Fahrzeug brachte die zehn Astronauten zur Rampe.
Marsflight1 war bereit. Erik war es auch.

Er schloss die Augen, als der Countdown bis zur 0 herun-
terzählte, die Triebwerke auf Volllast hochfuhren und der
Druck ihn in seinen Sitz presste.
Der erste Teil des Abenteuers begann.

Kapitel 10

Weltraum, 2033

Der Start war erfolgreich verlaufen, sie waren problem-
los in die Erdumlaufbahn gelangt und waren auf dem
Weg in Richtung Mond.
Die Gravitation des Mondes würde das Raumschiff beschleunigen und so auf Kurs zum Mars bringen. Es würde trotzdem ein langer Flug, knapp 6 Monate würde man
benötigen.
Erik schaute zurück. Die Erde, den blauen Planeten, würde er nun für lange Zeit nicht sehen. Aber da draußen war
nicht nur der Mars, zu dem sie unterwegs waren, da gab
es noch mehr, was es zu erforschen galt.

Erik hatte ein wenig mit der Schwerelosigkeit zu kämpfen. Die Rotation zur Erzeugung einer künstlichen
Schwerkraft würde erst nach dem Swing-by um den
Mond eingeschaltet werden. Dadurch gäbe es zwar bei
weitem keine Schwerkraft wie auf der Erde, aber man
schwebte zumindest nicht mehr durch den Raum und
sollte wieder das Gefühl für oben und unten erhalten.
Eine künstliche Schwerkraft war darüber hinaus auch
dringend erforderlich, um den sonst drohenden rapiden
Muskel- und Knochenabbau der Astronauten etwas ein-
zudämmen. Schließlich mussten sie bei ihrer Landung
auf dem Mars körperlich fit sein.
Von Vorteil war hierbei die Größe des Mars. Da er klei-
ner war als die Erde, würde man dort auch ein geringes
Körpergewichts im Vergleich zur Erde haben.

Systemcheck. Alle Systeme waren in Ordnung. Das Swingby-Manöver konnte eingeleitet werden. Erik schaute hinunter auf den Mond. Großartig! So mussten sich vor etwa 70 Jahren die Apollo-Astronauten gefühlt haben. Die Beschleunigung von Marsflight1 nahm zu. Sie verließen die Mondumlaufbahn und die Schwärze des Alls umgab sie bald wieder. Sie waren auf dem Weg.

Die Rotation wurde zugeschaltet. Ein leichtes Rucken ging durch das Raumschiff. Die künstliche Schwerkraft setzte ein. Angenehm, wieder einen Boden unter den Füßen zu spüren.

Genau wie damals in der Isolation störte Erik das Fehlen des Wechsels von Tag und Nacht am meisten. Kunstlicht, Eintönigkeit. Aber man hatte trotzdem ständig genügend Arbeit. Systemüberwachung, Berechnungen, Bahnkorrekturen, wissenschaftliche Analysen des Sonnenwindes. Bis jetzt gab es zum Glück keine entscheidenden Probleme.
Ein weiteres Übel für Erik war die Verpflegung. Schon während der Trainingsphase hatte er diese hochwissenschaftlich produzierten und auf jeden nach seinen Bedürfnissen individuell zusammengestellten Nahrungsmittel gehasst. Das eine schmeckte so, wie das andere aussah. Nach seinen Geschmackswünschen hatte im Vorfeld leider niemand gefragt. Aber der Platz an Bord für Lebensmittel war sowieso knapp, so dass man hier kein fünf-Sterne-Menue erwarten durfte.

Die Mannschaft hatte ein 3-Schichtsystem eingeführt. Drei oder vier Crewmitglieder waren im Dienst, ein Teil

in Bereitschaft und der Rest hatte Ruhezeit. Erik hatte gerade seinen Dienst beendet und ging für die nächsten acht Stunden in die Ruhezeit. Wieder holte er aus seinen Sachen das Foto seines Vaters und die Fotos aus Ägypten. Nein, trotz der Mission würde er sein Ziel nicht vergessen. Sollte es wirklich im Altertum bereits Raumfahrt gegeben haben, so war er jetzt einer der Menschen, die diese Tradition wieder aufnahmen oder fortführten.
Er legte sich schlafen.

Mars. Roter Staub. Er befand sich in der Wüste, führte Messungen durch. Was war das? Eine undefinierbare Lichterscheinung. Hinter einem Felsen versteckt beobachtete er ein seltsam glänzendes Objekt, welches im Wüstensand niedergegangen war. Die äußere Form des Objektes war schwer zu beschreiben, es war weder eine Kugel noch ein Zylinder.
Eine Klappe an der Seite öffnete sich, heraus kamen…. Menschen. Ja, von Größe, Gestalt und Bewegungen mussten es Menschen sein! Gehüllt in seltsam dunkle Kleider oder wie man es auch bezeichnen wollte. Mit nicht zu definierenden Geräten in ihren Händen suchten sie den Boden und die Umgebung ab.
Einer schaute zu ihm herüber, schien ihn entdeckt zu haben. Was jetzt? Er kam auf ihn zugelaufen, er hörte einen schrillen, durchdringenden Ton, rot- blinkendes Licht …

Das Alarmsignal hatte ihn aus seinem Traum gerissen.
Erik begab sich schnell in den Kommandoraum. Maurice klärte das Team auf: Mikrometeoriteneinschlag an der hinteren Sektion des Schiffes! Dekompression droh-

te. Es musste dringend eine Reparatur durchgeführt werden, ein „Weltraumspaziergang“ war nicht zu vermeiden. Nun, kein Grund zur Beunruhigung, solche Situationen hatte man wieder und wieder trainiert. Auf der Erde. Hier war es etwas anderes, die konkreten Bedingungen im Weltraum konnte man nicht simulieren. John und Vladimir würden den Ausstieg übernehmen.

Die Handgriffe waren durch das Training zur Routine geworden. Raumanzug an, Werkzeug und Material bereithalten, in die Schleuse.

Der Boden begann sich wieder zu drehen, es gab wieder kein oben und unten. Für die Zeit der Reparatur musste die künstliche Schwerkraft ausgeschaltet werden.

Die beiden waren draußen. Die Reparatur erwies sich alles andere als leicht. Beiden gelang es nicht sofort, die Beschädigung zu reparieren. Die Stelle lag auf der Schattenseite und war größer, als man am Anfang vermutet hatte. Aber sie würden es schaffen.

Die roten Alarmlampen ließen alle aufschrecken.

Die Sensoren gaben Alarm wegen eines massiven Flares auf der Sonne! Es bestand höchste Gefahr. Auf der Erde war man vor solchen Strahlungsausbrüchen durch das Magnetfeld geschützt. Polarlichter oder Störungen des Funkverkehrs waren so die einzig merklichen Folgen. Hier im Weltall war man diesen Strahlungsausbrüchen im Röntgen- und im Teilchenbereich schutzlos ausgesetzt und die Energien gewaltig.

Das bedeute, dass sich alle schleunigst in den abgeschirmten, strahlungsgeschützten Raum des Raumschiffs begeben mussten, schwere gesundheitliche Schäden konnten sonst die Folge sein.

Vladimir und John waren in ihre Arbeit vertieft.

„Abbruch! Abbruch! Kommt rein, sofort!" schrie Maurice. Alle anderen begaben sich unverzüglich in den Raum im Zentrum vom Marsflight1. Wie lange sie in diesem kleinen Raum bleiben mussten, konnte man gegenwärtig noch nicht abschätzen.
John und Vladimir hatten Schwierigkeiten, zeitgerecht wieder ins Raumschiff zurückzukehren.
Sie brauchten mehr als eine Stunde, ehe sie endlich auch im abgeschirmten Bereich saßen.

Auf Grund der Entfernung zur Erde brauchten die Funksignale nunmehr schon mehr als zehn Minuten, ehe man Rückantwort bekam.
Maurice hatte die Probleme natürlich an die Erde weitergeleitet.
Keine Antwort. 10 Minuten, 20 Minuten, eine Stunde. Nichts. Keine Antworten, kein Signal.
Die Stunden, Minuten und Sekunden kamen Erik wie eine Ewigkeit vor. Nach etwa einem Tag zeigten die Sensoren wieder normale Strahlungswerte an.
Die Crew kehrte in den großen Kommandoraum zurück.
Was noch immer nicht funktionierte, war die Kommunikation mit der Erde. Der Strahlungsausbruch hatte offensichtlich auch die Kommunikationseinrichtung des Schiffes lahmgelegt.
Es wäre undenkbar, ohne den Kontakt zur Erde die Mission fortzusetzen. Sollte das schon das Ende sein?
Glücklicher Weise gelang es der Crew, die Verbindung nach dem Austausch einiger Bauteile wieder herzustellen. Es war wie eine Erleichterung, als 20 Minuten nach der Sendung endlich eine Antwort von der Erde zu hören war. Die Computer hatten, sehr zur Freude von Maria,

die Strahlung unbeschadet überstanden und funktionierten weiter ganz normal. Maurice gab die Weisung, wieder zum normalen Rhythmus zurückzukehren.

Schon wenige Stunden später ging es John und Vladimir zunehmend schlecht. Beide hatten Fieber, konnten schwer atmen. Es zeigte sich ein Bild, wie es bei Nuklear-Strahlungsopfern bekannt war.
Erik konnte die besorgten Blicke der beiden Medizinerinnen sehen, als sich diese mit Maurice unterhielten.
Natürlich hatte man keinerlei Erfahrungswerte, wie sehr die kosmische Strahlung Auswirkungen auf den menschlichen Körper haben würde, dass es aber so schnell und so extrem ausfallen könnte wie jetzt bei Vladimir und John, hatte wohl niemand auf der Rechnung.
Beide mussten in der einen Stunde außerhalb des Schutzraums eine ganz erhebliche Strahlungsdosis abbekommen haben.
Nach den Sensorenaufzeichnungen war während des Strahlungsausbruches etwa fünfhundertmal mehr Strahlung im Röntgen und Elektronenbereich zu verzeichnen gewesen.

Das bedeute aber auch gleichzeitig, dass die Besatzung selbst ohne extreme Flares eine große Menge Strahlung aufnehmen würde, die mit großer Sicherheit der Gesundheit der Crew nicht zuträglich war. Man beschloss daher nach Rücksprache mit den Medizinern auf der Erde, dass zukünftig jedes Mannschaftsmitglied seine Bereitschafts- oder Ruhezeit im abgeschirmten Raum verbringen musste, um so die Gesamtdosis zu verringern.

Das erste Mal verspürte Erik Angst. Hier handelte es sich um eine nicht greifbare, nicht zu beeinflussende Gefahr. Er musste mit ansehen, wie sich der Gesundheitszustand von Vladimir und John nicht entscheidend verbesserte. Beide nahmen es aber noch mit Humor. „Maria aus ausgerechnet, dass ich statistisch betrachtet jeden Tag meines Lebens, vermutlich sogar mehrfach, geröntgt worden bin" meinte John, „wer kann das schon aufweisen?".
Nach einigen Tagen konnten beide zwar wieder leichten Dienst verrichten, aber beiden war bewusst, dass ihre Rückkehr zur Erde in lebendem Zustand nicht sehr wahrscheinlich war.

Ein weiteres Problem war auch erst nach einigen Tagen feststellbar.
Die Sensoren gaben Alarm, der Sauerstoffgehalt der Luft im Schiff sank ab.
Den Grund fand Lena schnell heraus: Die Algenkolonien, welche für die Sauerstoffproduktion an Bord mitgeführt wurden, hatten vermutlich auch durch den Strahlungsausbruch Schaden genommen. Ein Teil war abgestorben, die Leistung der anderen war stark gemindert.
Ohne funktionierende Sauerstoffversorgung war die Mission zum Scheitern verurteilt.
Selbst wenn man den Mars erreichen würde, ohne die Algen sah es verdammt schlecht aus. Solch ein Problem hatte man nicht wirklich vorhergesehen, denn bislang hatten die Algen bei Langzeittests in der Schwerelosigkeit keine Probleme gemacht.
Nun musste man improvisieren und alles versuchen.
Zunächst war der Sauerstoffverbrauch an Bord einzuschränken. Ab sofort wurden alle körperlichen Aktivitä-

ten an Bord reduziert. Lena lagerte die noch intakten Algenkolonien in den abgeschirmten Raum ein und startete Versuche, die Vermehrung der Algen zu beschleunigen.
Zwei Wochen lang passierte nichts.
Der Sauerstoffgehalt nahm weiter ab, bald würden bedrohliche Werte erreicht werden.
Die Ruhephasen der Mannschaftsmitglieder wurden verlängert, um so weniger Sauerstoff zu verbrauchen.
Noch eine Woche war vergangen.
Erik wachte auf. Sein Blick fiel auf die Sauerstoffanzeige. Was war das? Die Werte waren gestiegen!
Wie durch ein Wunder hatten sich die Algen erholt und produzierten wieder genügend Sauerstoff.
Trotz dieses Erfolges wurde der gesamten Crew einmal mehr bewusst, dass ihr Überleben hier draußen von vielen nicht zu beeinflussenden Faktoren abhängen würde ...

Kapitel 11

Interplanetarer Raum, 2034

Der Mars rückte näher. Gut fünf Monate war man nun schon unterwegs, zum Glück ohne große weitere Zwischenfälle.

Die Mannschaft musste zwar noch mehrfach den abgeschirmten Raum aufsuchen, nachdem die Sensoren wieder Strahlungsausbrüche der Sonne gemeldet hatten, aber sowohl Mannschaft als auch die Marsflight1 hatten diese scheinbar ohne Schäden überstanden.

Vladimir und Johns Zustand war nicht gut, aber immerhin hatte er sich auch nicht entscheidend verschlechtert.

„Erik, hier kommt eine Mitteilung für dich rein" weckte Maria den schlafenden Erik.

Die als Datenübertragung eingegangene Nachricht kam von Prof. Diethelm. Es war eine sehr umfangreiche Nachricht mit einer großen Datenmenge.

Erik zog sich mit Maria zurück, beide studierten die übertragenen Daten.

Nachdem sie die Informationen gesichtet hatten, war beiden klar, dass das mysteriöse Signal wieder aufgetaucht war, diesmal konnten aber Dank Prof. Diethelm viele notwendige Begleitinformationen gesammelt werden.

„Wie kommt der Professor dazu, dir die Daten hierher zu senden?" wollte James wissen, den sie dazu geholt hatten. „Nun" gab Erik zurück, „ich habe ihn vor unserem Abflug gebeten, mir Informationen zukommen zu lassen, sobald sich etwas betreffend des Signals ergibt".

Jetzt hatte Maria zu tun. Sie musste nun den Computer mit all den übertragenen Daten, aber auch mit den bereits vorhandenen Informationen bestücken.
Als Marias Rechner endlich die Ergebnisse ausgab, erstarrten die drei….
„Lass den Computer noch mal rechnen", bat er Maria. Ein so unglaubliches Ergebnis hatte Erik nicht erwartet. Wieder arbeitete Marias Computer, das Ergebnis war das gleiche. Es war einfach unfassbar.

Erik war klar, dass sie jetzt unbedingt die ganze Mannschaft in Kenntnis setzen mussten.
Das Ergebnis war so spektakulär, aber es war mehrfach überprüft. Es konnte keinen vernünftigen Zweifel mehr geben. Die Lösung auf viele Fragen war nicht mehr weit.

Die gesamte Crew traf sich im Kommandoraum.
Erik war erleichtert, dass er sein Geheimnis endlich auch mit allen Mannschaftsmitgliedern teilen konnte. Nachdem ihm seine Worte am Anfang nicht leicht gefallen waren, kamen ihm die Informationen nun immer schneller über die Lippen. Die anderen konnten vor Überraschung zunächst kaum etwas sagen. Natürlich waren seine Mitstreiter auch alle der Natur nach skeptische Wissenschaftler oder Ingenieure, aber Erik konnte die Ergebnisse sehr überzeugend darlegen. Nachdem dann auch noch Maria und James weitere Details erläutert hatten, herrschte lange Zeit Schweigen. Mit so etwas hatte niemand in der Runde gerechnet.

Maurice fand als erster die Sprache wieder.

„Wir müssen jetzt eine Entscheidung treffen“ begann er langsam. „geben wir die Information zur Erde und lassen die dort von der Ferne entscheiden oder entscheiden wir selbst?“
„Also ich wollte die Aliens schon immer mal kennen lernen, noch dazu wenn es vielleicht die letzten Wesen sind, die ich sehen werde“ scherzte Valdimir, der trotz seiner Schmerzen stets für einen lustigen Spruch bekannt war.
Alle Mannschaftsmitglieder wurden sich schnell einig, die Information nicht weiterzugeben und zunächst noch einige Maßnahmen auf eigene Faust durchzuführen.

„Na dann, an die Arbeit“ fasste Maurice die Entscheidung zusammen und verteilte die Aufträge.
Das Schiff richtete seine Antennen und optischen Sensoren neu aus. Wenn Erik recht behalten würde, dann konnte es nicht mehr lange dauern.

Unglaublich! Sie hatten es entdeckt. Der koorbitale Begleiter des Mars musste etwa einen Durchmesser von 5 Kilometern haben. Absolut schwarze Oberfläche. Keine Lichtreflexion, daher von der Erde aus auch mit den besten Teleskopen nicht zu entdecken. Mit den Sensoren von Marsflight 1 war lediglich eine schwache Strahlung im Infrarotbereich festzustellen, welche auch von der Erde aus nicht erkennbar sein würde.
„Erklär mir das“ bat Salvatore „Astrophysik ist nicht gerade mein Spezialgebiet.“
Erik erläuterte, dass ein Körper von relativ geringer Masse an den so genannten Lagrange-Punkten eines Systems praktisch parken könne, weil sich dort die Anziehungskräfte der größeren Körper aufheben. Hier also des Mars

und der Sonne. Da auch der Punkt, an dem das Objekt jetzt ausgemacht wurde, von der Erde aus kaum zu sehen ist, konnte man es bisher nicht entdecken. Verraten hatte es sich nur durch die Signale im Radiobereich, die man zurückverfolgen konnte.

„Und wer oder was ist es?" wollte Felix wissen.

„Wenn ich das wüsste" gab Erik zurück. Fakt war, dass das Objekt vermutlich schon seit langer Zeit, vielleicht schon mehrere tausend Jahre hier sein musste.

„Vielleicht treffen wir dort den göttlichen Pharao oder die alten ägyptischen Götter!" meinte John nicht ganz ernst. Trotz seines immer schlechter werdenden Gesundheitszustandes zwang er sich, aktiv am Geschehen zu bleiben.

„Nein, das sind die Überreste der früheren Marszivilisation!" entgegnete Salvatore.

Erik dachte nach. So ganz abwegig war dies alles gar nicht. Was Johns Theorie anbelangte, so kamen ihm aber vor allem die Geschichten von Atlantis in den Sinn. Von vielen Wissenschaftlern und solchen, die sich als solche bezeichneten, immer wieder heiß diskutiert und doch bisher nicht bewiesen. Ein Verschwinden von Hochtechnologie nach einer Katastrophe auf der Erde, hier könnte die Lösung liegen! Nicht Außerirdische, die Vorfahren der heutigen Menschheit könnten hier die Zeiten überdauert haben.

Erik war zwar kein religiöser Mensch, aber natürlich gehörte ein Grundwissen über die Weltreligionen zur Allgemeinbildung. Und irgendwie musste er auch an die Sintflutgeschichte denken. Diese war bekanntlich keine Erfindung der Bibel, bereits im Gilgamesch-Epos der alten

Babylonier war darüber geschrieben. Was wäre, wenn die sagenhafte Arche tatsächlich nicht aus Holz gebaut worden war, sondern ein Synonym für ein Raumschiff darstellte, mit dem die Überlebenden vor der Kastastrophe geflohen waren?
Sicher eine sehr abenteuerliche Theorie, aber hoffentlich bald würden sie klüger sein.

Salvatores Theorie war auch nicht gänzlich von der Hand zu weisen. Der Flug zum Mars sollte ja unter anderem auch beweisen, dass früher einmal zumindest primitives Leben auf dem Mars möglich war.

Trotzdem favoritisierte Erik für sich die erste Variante.
Aber, eine Frage stellte sich auch noch: Wusste schon jemand von der Existenz dieses ungewöhnlichen Objektes und warum sollte dieses Wissen geheim gehalten werden? Wusste die NASA, die CIA oder die NSA mehr?
Allen war klar, dass man diese Frage weder stellen noch eine Antwort darauf bekommen würde.

Es galt nun eine Entscheidung zu treffen.
Aber hier es gab für die Mannschaft nicht viel abzuwägen. Alle hatte die Neugier gepackt. „Lasst uns hinfliegen, der Mars läuft uns nicht weg" fasste Lena die Meinung aller zusammen.
Antworten konnte man nur direkt dort finden.
James programmierte die Daten für die Bahnkorrektur.
Die Berechnungen ergaben, dass sie trotzdem noch genügend Treibstoffreserven besitzen würden, um ihr eigentliches Ziel, den Mars, sicher zu erreichen.

„Warum ist das Ding so schwarz, was ist das?" fragte Maria in die Runde.
„Nun, ich glaube es ist eine Art Dyson-Sphäre" antworte-te Erik. Eine Dyson-Sphäre war bisher nur als eine hypo-thetische Möglichkeit einer kompletten künstlichen Scha-le um einen Stern diskutiert worden, damit gelangte au-ßer Infrarotstrahlung keine Energie nach außen. Der Ma-terialeinsatz für eine solche Hülle um eine Sonne oder ei-nen Planeten war natürlich jenseits des Vorstellbaren, aber um einen Körper im einstelligen Kilometerbereich war dies schon denkbar und für eine hochentwickelte Zi-vilisation sicherlich auch technisch machbar.

Die folgende Ruhepause für Erik und Maria war nicht wirklich eine solche. Viel zu aufgeregt waren beide. Nie-mand konnte sagen, was sie beim unbekannten Objekt er-warten würde. Pessimistisch betrachtet arbeitete dort ein-fach auch nur ein verbliebener Sender, der in nicht nach-vollziehbaren Abständen Signalsequenzen abgab. Noch negativer gedacht, könnte Marsflight1 bei seiner Annähe-rung angegriffen und zerstört werden.
Aber dieses Risiko mussten sie einfach eingehen.

Maria hatte, nachdem sie kürzlich alle Daten von Prof. Diethelm und auch Eriks Daten in den Computer einge-geben hatte, mit großer Sicherheit als Ausgangspunkt der Signale jeweils diesen Punkt berechnen können. Sie ka-men definitiv von diesem Objekt.
Aber für wen waren die Signale bestimmt, warum wur-den sie ausgesendet?
Die Antwort lag nur noch wenige Tage entfernt.   Das Rätsel würde gelöst werden ...

Das Objekt lag nun vor ihnen.

Schwarz, von unbekannter und nicht zu beschreibender Oberflächenstruktur. Unregelmäßige Vielecke, Ovale, Kreise ohne erkennbare Erhöhung oder Vertiefung. Es war absolut ruhig. Bei ihrer Annäherung war nichts passiert. Kein Signal, kein Laser, kein Traktorstrahl, wie man es aus den Science-Fiction-Filmen kannte.

Die Messwerte von der Oberfläche waren höchst widersprüchlich. Die Oberflächentemperatur war nicht auswertbar, die Infrarotabstrahlung variierte ständig. Gravitationskräfte waren überhaupt nicht messbar.

Eine Landung auf dem Objekt mit Marsflight1 war schon deshalb ausgeschlossen. Auch stand ein separater Shuttle nicht zur Verfügung.

Das Raumschiff war so konzipiert, dass es in eine Umlaufbahn um den Mars einschwenken sollte und acht Astronauten der Crew dann in einer Landeeinheit zur Oberfläche absteigen sollten, genau an den Standort der auf dem Mars gelandeten Transportraumschiffe. Dort hätten sie das kleine Kraftwerk in Betrieb genommen, die Wohneinheit, das sogenannte Habitat, aufgebaut und bezogen. Für den Rückflug von der Oberfläche des Mars zu Marsflight1 nach einem knappen Jahr Aufenthalt und Forschung hätten dann zwei Zubringerschiffe zur Verfügung gestanden, die auch bereits durch die Transportraumschiffe auf den Mars gebracht worden waren.

Das, was sie jetzt vor sich sahen, war aber nun nicht der Mars, es war ein unbekanntes Objekt, von dem man überhaupt nichts wusste!

Die Mannschaft fand sich zur Beratung zusammen.

Wie sollte es weitergehen? Ideen wurden ausgetauscht, Varianten diskutiert. Die Marsflight1 hatte mehrere kleine Minisonden mit Sensoren an Bord, welche man zum Objekt schicken könnte. Aber was würde das bringen? Genauere Daten waren nicht zu erwarten.
Die entscheidende Idee hatte schließlich James.
„Schick doch einfach das Signal hin, was ihr aufgefangen habt!" warf er in die Runde.
Maria stellte das Signal zusammen und machte die Antenne sendebereit.
„Erik, dies sollte deine Aufgabe sein!" bestimmte Maurice. Erik zögerte einige Sekunden. Was würde jetzt passieren? War das die richtige Antwort, wie würde die Reaktion ausfallen? Schließlich drückte er die Enter-Taste und das Signal wurde gesendet …

Gespannt blickten alle in Richtung des Objekts.
Nichts. Keine Reaktion. Erik konnte eine gewisse Enttäuschung nicht verbergen. Ratlosigkeit bei der Mannschaft.

„Wir müssen vielleicht das Signal umkehren oder modulieren!" meinte Maria und war schon dabei, am Rechner zu arbeiten, als die Sensoren plötzlich eine Veränderung registrierten. Den Messdaten nach tat sich etwas auf der anderen Seite des Objekts. Wärmestrahlung und vor allem: Gravitation. Nicht zu glauben!

Der Kommandant startete die Regelungstriebwerke von Marsflight1, um die Position zu halten und beim Umrunden des Objekts den Abstand etwas zu vergrößern. Dann sahen sie es …

Tatsächlich! Ein gleissend- heller Bereich in der Größe
von geschätzt 200 Metern im Quadrat hatte sich gebil-
det. „Da hat sich etwas geöffnet" riefen alle aus.
Auch wenn man hinter der vermutlichen Öffnung nichts
erkennen konnte, die Sensoren keine verwertbaren Daten
lieferten und niemand wusste, was man zu erwarten hatte: Es gab keine langen Überlegungen mehr.

Maurice setzte die Marsflight1 in Bewegung, das eigentliche Abenteuer konnte nun beginnen …

ESA
European Space Agency
Europäische Weltraumorganisation

SETI
Search for Extraterrestrial Intelligence
(Suche nach außerirdischer Intelligenz)

SETI@Home
„Suche nach außerirdischer Intelligenz zu Hause"; Projekt der Universität Berkeley zum Aufspüren außerirdischer Signale durch Nutzung des Prinzips des „Verteilten Rechnens"; die Auswertung aufgefangener Radiosignale wird dabei auf viele Computer angemeldeter Nutzer verteilt.

Supernova
helles Aufleuchten eines Sterns in Folge der Explosion am „Lebensende" des Sterns, alle Energie wird plötzlich in Form von extremer Strahlung freigesetzt

Swing-by
Methode der interplanetaren Raumfahrt; ein relativ leichter Körper, z.B. eine Raumsonde fliegt dabei dicht an einem massereichen Körper (z.B. Planet) vorbei, wobei der leichte Körper durch die Gravitationskräfte in seiner Geschwindigkeit und Richtung verändert wird.

NASA
National Aeronautics and Space Administration; zivile US-Bundesbehörde für Luft- und Raumfahrt

CIA	**C**entral **I**ntelligence **A**gency ; Auslandsnachrichtendienst (Geheimdienst) der USA
NSA	**N**ational **S**ecurity **A**gency; Nachrichtendienst der Vereinigten Staaten mit der Aufgabe der weltweiten Überwachung und Entschlüsselung elektronischer Kommunikation
GPS	**G**lobal **P**ositioning **S**ystem ; satellitengestütztes System zur weltweiten Positionsbestimmung z.B. für Navigationssysteme
AREA 51	militärisches Sperrgebiet im US-Bundesstaat Nevada, Nutzung durch die United States Air Force und das US-Verteidigungsministerium, auch: Testgelände der US-Luftwaffe
Flare	Sonneneruption; Strahlungsausbruch auf der Sonne
Aliens	umgangssprachlich für Außerirdische
Koorbitaler Begleiter	Himmelskörper, der sich in der gleichen oder ähnlichen Umlaufbahn wie z.B. ein Planet um das Zentralgestirn bewegt
Lagrange-Punkt	Gleichgewichtspunkt in der Himmelsmechanik. An diesen Punkten im Weltraum heben sich alle Gravitationskräfte benachbarter Himmelskörper und die Zentripetalkraft der Bewegung gegenseitig auf.

Hinweis:

Die Erläuterungen der Begriffe und Abkürzungen sind allgemein
zugänglichen und offenen Quellen entnommen. Sie erheben keinen Anspruch auf Vollständigkeit.